捨てられ男爵令嬢は
黒騎士様のお気に入り3

水野沙彰

illustration 宵 マチ

CONTENTS

この作品はフィクションです。
実際の人物・団体・事件などには関係ありません。

捨てられ男爵令嬢は黒騎士様のお気に入り3

1章　令嬢と黒騎士様は日々を重ねる

ソフィアは柔らかな絹にそっと刺繍《ししゅう》針を刺した。

繊細な素材に刺繍を入れるのはまだ少し怖く、どうしても手つきは慎重になる。これまでソフィアが刺繍をしていたものは、孤児院に寄付するものや自分の持ち物がほとんどだったからだ。

やはり大切な夫が使うのだと思うと、特に綺麗《きれい》に仕上げたくなる。

今刺繍をしているのは、ギルバートが使うクラヴァットだ。

胸元に身につけるそれに刺繍を頼まれたとき、あまりに目立つ場所だったために、職人に依頼した方が良いと言ってソフィアは一度断った。しかし最終的に引き受けてしまったのは、ギルバートの残念そうな顔を見てしまったからだ。

「ソフィア、そろそろ準備する時間よ」

集中していると時間が経《た》つのはあっという間で、カリーナが声をかけてくる。

カリーナはソフィアの侍女であり大切な友人だ。

ギルバートと結婚してひと月、カリーナは公の場では主従として振る舞っているが、二人きりのときはこれまで通りの態度でソフィアに接してくれている。これは結婚して以降、二人で決めたことだ。

使用人仲間だったカリーナと変わらずに友人でいられることが、ソフィアは嬉《うれ》しかった。

ソフィアは午後から、今シーズンの社交で着るドレスを数着仕立ててもらうことになっていた。

トランク一つしか荷物が無かったソフィアが遠慮をしたところで、侯爵夫人として社交に使えるドレスを持っているはずもなく、執事頭であるハンスに説得されてしまったのだ。

「うん。待って、今留めちゃうから」

ソフィアは、ちょうど切りの良いところで糸を布の裏側に回して、くるりと端を見えないように留めた。週の始めから何日もかけて、やっと形が見えてきたのは、剣と盾を組み合わせたモチーフだ。敵を倒す剣と、国を守る盾。ギルバートの所属する近衛騎士団のエンブレムだ。

幼い頃に両親を亡くし、叔父と叔母に引き取られていたソフィアが、生まれ育ったレーニシュ男爵家をトランク一つで追い出されたのは、去年の秋だった。

生まれながらに皆が魔力を持ち、魔道具を使用して生活しているこの国で、ソフィアは生まれつき魔力を一切持っていなかった。魔道具は魔力が無ければ使用できない。アンティーク調度とも旧道具とも呼ばれる前時代の道具しか使えない者にできる仕事など、世間知らずで引き篭《こも》りがちだったソフィアには全く心当たりがなかった。

このままどこかで行き倒れになってしまうかと思っていたところ、偶然出会ったアイオリア王国の王太子であるマティアスの取り計らいで、フォルスター侯爵で、近衛騎士団第二小隊副隊長兼魔法騎士であるギルバートに拾われ、その邸《やしき》で世話になることになった。

ただ世話になるのも気が咎《とが》め、せめてギルバートのために何かしたいと邸の使用人として働いていたソフィアだったが、ギルバートと共に過ごすうちに、抱える苦悩と温かい優しさを知り、恋に落ちた。

『──ソフィア、すまない。私はもう、お前を離すことはできない』

社交界デビューを果たした夜会でギルバートに告げられた愛の言葉は、心の中の大事な抽斗《ひきだし》にしまってある。

ギルバート達の手によって叔父が犯した罪が明らかになり、悪政に苦しめられていたレーニシュ男爵領を立て直すために男爵位を継いだソフィアは、この春、ギルバートと共にフォルスター侯爵領でささやかな結婚式を挙げた。

ギルバートと婚約してからは、午前中に礼儀作法とマナーの勉強、午後にフォルスター侯爵領についての勉強をしていた。今では礼儀作法とマナーについては及第点を貰《もら》い、侯爵領についても基本は学び終えている。そのためソフィアに課される課題は随分と減って、ハンスから与えられる本を期限内に読んで不明点を質問する、というものに変わった。

増えた自由時間を、ソフィアは刺繍や読書に充てることが多かった。刺繍はフォルスター侯爵領の孤児院を併設する教会へ寄付するためというのが主な理由だが、ギルバートへ贈るためでもある。趣味と実益を兼ねた時間は、ソフィアにとって幸せだった。

「ねえ、ソフィア」

「なあに？」

端を隠してから鋏《はさみ》で糸を切り、縫い針を針山に刺す。そうして顔を上げると、カリーナが少し恥ずかしそうに、ソフィアの手元を見ていた。

「――それって、難しいの？　私にはできないかな」

カリーナはギルバートと同じ近衛騎士団第二小隊に属するケヴィンと仲良くしている。それを知っているソフィアは、僅かに頬を染めるカリーナを可愛《かわい》らしく思った。まだ交際には至っていないらしい二人だが、ソフィアはきっと両想《おも》いだろうと予想しながら見守っている。

贈り物にしたいのだろうか。そう思うと、ソフィアまでどきどきした。

「できると思う。カリーナ、手先は器用だし。刺繍はやったことある？」

ソフィアの言葉に、カリーナは自信無さげに首を左右に振る。

「簡単なものからやればできるわ。一緒に練習する？」

「……いいの？　ソフィアの邪魔にならない？」

最近、カリーナはソフィアに遠慮することが増えた。

それはソフィアがギルバートの妻になったからか、それともソフィアのこれまでより多忙な生活を近くで見ているからか。寂しく思っていたから、こうして頼られるととても嬉しい。

「ならないから大丈夫。カリーナが練習に作る刺繍、教会に寄付するものに混ぜても良い？」

「勿論《もちろん》よっ！」

ソフィアが悪戯《いたずら》に笑ってみせると、カリーナもからりと笑った。

「今は支度しないといけないわね。カリーナ、お願いします」

「お願いされます……ふふっ。旦那様もいらっしゃるんだし、可愛くしなきゃね」

カリーナは採寸で着替えやすそうな、前に釦《ボタン》がついた清楚《せいそ》なシャツワンピースを選んでくれた。袖を通して、髪を纏《まと》める。軽く化粧を直して、ソフィアは自室を出た。

サロンには、王都でも人気の仕立屋が来ていた。

挨拶もそこそこに全身を採寸されたソフィアは、仕立屋が並べた生地見本とデザイン図に、顔を覆うのを必死で堪《こら》えることになった。見本の生地は、どれも一見して高価であることが分かるものだったのだ。艶やかな絹や、繊細なシフォン。レースも職人が丹精込めて作ったことが分かる美しさだ。

そして、華やかで清楚な、可愛らしい装飾のデザイン図。

ドレスを仕立ててもらえるとはいえ、あまり高価なものにする必要はないだろう。ソフィアは仕立屋に指示をして、いくつかのデザイン画を追加で描いてもらった。当然、装飾を除いたものを。

ソフィアがデザイン画と生地見本を突き合わせて悩んでいると、執務を終えたらしいギルバートが顔を出した。

「――ソフィア、決まったか」

「ギルバート様、お疲れ様です。あの……なかなか決められなくて」

ソフィアは精神の疲労に任せて弱々しく呟《つぶや》いた。

「いや、大丈夫だ。それで、ドレスは――」

ギルバートがソフィアの手元にあるデザイン図と生地を上からひょいと覗《のぞ》き込む。そこに描かれたものを見て、僅かに眉を顰《ひそ》めた。

「ソフィア、遠慮はいらないと言ったはずだが」

「ですが、どれも私には勿体《もったい》なくて……っ」

ソフィアの手元に残ったデザイン図は、装飾の少ないシンプルなものばかり。生地も落ち着いた色味のものが多かった。

思わず漏れてしまったというようなギルバートの小さな溜息《ためいき》に、ソフィアは首を竦《すく》める。

「ごめんなさい、でも」

「――分かった。私も共に選ぼう」

ギルバートがソフィアの隣に腰を下ろした。

それを見て安心したらしい仕立屋が、端に寄せていたデザイン図をテーブルの上に広げ直す。

「ソフィアは華奢《きゃしゃ》だから、これや……これも似合うだろう」

ギルバートが手に取ったのは、肩にリボンがあしらわれていて、スカート部分が広がったデザインだった。裾に向かって似た色味の生地を重ね、グラデーションになっている。生地の重なりの部分には小粒の宝石がいくつもついているようだ。

もう一つは、まるで物語に出てくる妖精のようなものだ。シフォンとオーガンジーとレースが重ねられ、繊細で可憐《かれん》な透け感なのが図からも分かる。

「え、あの。ギルバート様？」

ソフィアは慌ててギルバートの表情を窺《うかが》った。ギルバートはわざとだろう、意に介さない素振りで生地見本に手を伸ばす。

「瞳に合わせて深緑から若草も良いが、ソフィアの柔らかい雰囲気にはピンクも合うだろう」

「そうでございますね。奥様はお若くていらっしゃいますし、流行の明るい色味もお勧めでございます」

「では、こっちはピンクで。後は――」

「そ、そんな……私にそんな華やかなの、似合いませんっ」

ソフィアは慌てて両手を振って否定する。

しかしギルバートはソフィアの顔を見て、笑った。

「そんなことはない。私の見立てだ。これらは決めるが、好みでないものはあるか。言わねば分からない。――私が勝手に決めるぞ」

らしくなく身勝手と言って良いほどの言葉を吐いて、ギルバートは言葉の通りどんどん生地を並べていく。ソフィアが選ばなかった華やかで可愛らしいデザインを更に追加で選んでは、生地と重ねていった。

「この石は何だ」

ギルバートがデザイン図の中の胸飾りを指差す。

「こちらはダイヤモンドでございます。奥様の透明感にきっとお似合いになりますよ」

「ではそれを使おう」

ギルバートがさらりと決める。

「——ま、待ってくださいっ」

ソフィアは耐え切れず困惑の声を上げた。

ギルバートの言葉のままに選ばせたら、一体いくらになるのだろう。最初に選んだものでさえ、きっとソフィアの予測の金額を大きく超えている。

「そんな高価なもの……」

高価な石は、華やかな人達にこそ似合う物だろう。ソフィアは左手の小指に着けている藍晶石の指輪と、薬指の純度の高い小粒のダイヤモンドがあしらわれたギルバートと揃《そろ》いの結婚指輪を、右手でぎゅっと握り締めた。

藍晶石の指輪は、ギルバートから魔力を分けてもらうための特別な指輪だ。ギルバートの耳飾りと揃いで作られた魔道具で、これがあればソフィアも魔道具を使うことができる。魔道具を使うと魔力が流れ、ギルバートにソフィアのおおよその居場所が分かってしまうらしいが、今のところ困ったことはない。

そして、ギルバートと揃いの結婚指輪。どんな服にも合うシンプルな意匠のため、いつも身につけていた。

これだけだって、ソフィアには充分過ぎるほどだ。

「だが、お前の社交用ドレスは数が少ない。今年は私も昨年までよりも参加しなければならない夜会が多くなるはずだ。私のためにも、ソフィアの希望を聞かせてくれ」

ギルバートの言葉は、いつだってソフィアに優しい。今も、それが負担になると思わせないようにしてくれているのが分かる。

ソフィアは遠慮してばかりではいけないのだと思い直し、小さく頷《うなず》いた。

「分かり、ました」

おずおずと返事をすると、ギルバートが甘く微笑《ほほえ》む。

ソフィアはいまだに見慣れることのないその表情に、素直に頬を染めた。

「それで、どれが好みだ」

ギルバートはここぞとばかりにソフィアにいくつものデザイン図を見せてくる。どこか楽しげなその姿にソフィアも嬉しくなり、自然と笑顔になった。

「——私、ギルバート様の瞳の色が良いです」

藍晶石に似た、透明感のある藍色。それはソフィアが一番好きな色だった。

仕立屋がギルバートの瞳を横から盗み見る。いくつもの生地の中から、光沢のある藍色の絹と、青みの強いシフォンを取り出した。

「では、こちらの生地を重ねてはいかがでしょう。奥様の雰囲気に、シフォンの素材がよく合うかと存じます。もしよろしければ、部分使いで、こちらや、こちらを合わせてはいかがですか」

更にソフィアの瞳の深緑色によく似た緑のシフォンと、ペリドットの見本が並べられる。ギルバートはそれを見て満足そうに頷いた。

「では、それで仕立ててくれ」

「かしこまりました、侯爵様」

それからギルバートの採寸と衣装を選び、更にソフィアのドレスも追加で頼んだ。最初にギルバートが選んだものも、しっかり発注しているようだった。

仕立屋の帰ったサロンで、ソフィアは少し拗《す》ねてギルバートを見上げる。

「こんなにお買い物なさるなんて……聞いておりません」

「驚かせて悪かった。だが、まだお前はあまりドレスを持っていなかっただろう。心配するな、私はそれなりに稼いでいる。必要経費だ」

「それは――」

ソフィアは言い返すことができずに言葉を呑《の》み込んだ。

確かにフォルスター侯爵家当主であり、近衛騎士団第二小隊副隊長でもあるギルバートの稼ぎが少ないはずがない。社交が増えるというのも、結婚したのだから当然だろう。

ギルバートは満足そうな顔で、ソフィアの頭をあやすように撫《な》でる。

「ドレスに合わせて装飾品も発注している。社交が楽しみだと思ったのは初めてだ」

「あの、それは……良かったです」

疑問は残りつつも、ギルバートが撫でてくれる感触は優しく心地良い。

しかし元来人見知りのソフィアは、どうしても不安が拭えずにいた。人前でこの美しい人の隣に並んで笑う自信が、まだ足りない。

曖昧に笑うと、ギルバートはまるでソフィアの全てを見透かしているかのように、大丈夫だ、とソフィアを緩く抱き締めた。


それから二週間後。

ソフィアは、王太子妃であるエミーリアとの個人的な茶会のために、王城にやってきた。

数日前に、ギルバートがマティアスを通してエミーリアからソフィアへの茶会の招待状を預かってきたのだ。突然の招待に困惑したが、断る選択肢がソフィアにあるはずもない。

「──やっぱり、王城って大きいですよね」

フォルスター侯爵家の馬車からギルバートのエスコートで降りたソフィアは、目の前の大きな城を見上げてほうと息を吐いた。

今日馬車をつけた場所は、広い王城の敷地の中でも城の奥、王族の個人的な建物の入口だ。夜会で呼ばれたときは、ここを使うことはない。

「そうだな。ソフィアはまだ慣れないだろう、大丈夫か？」

「緊張していますけれど……大丈夫です」

ソフィアはぐっと背を伸ばして曖昧に笑った。

今日はギルバートも最初だけは挨拶をするものの、その後はマティアスに呼ばれているらしい。ソフィアが知るエミーリアは親切で優しい人だから大丈夫だろうとは思うが、王太子妃と二人きりで話すと考えると、どうしても緊張する。

ソフィアには、歳《とし》の近い貴族の友人さえいたことはなかったのだ。

「――何かあればすぐに呼べ」

「妃殿下とお茶をするだけですし……きっと、何も無いと思いますよ?」

「それでも、だ」

ギルバートが、ソフィアの整えられた髪が崩れないように一度だけそっと頭を撫でた。ソフィアは軽く笑って、差し出された手に手を重ねる。

衛兵が二人を見て、姿勢を正して扉を開けた。

使用人に案内された会場は美しい温室だった。エミーリアが自ら花を選び手入れをさせていると聞いていたそこは、穏やかな光に包まれて様々な花が咲き誇っている。

ソフィア達の到着を聞いて待っていたのだろう、先に座っていたエミーリアが立ち上がって微笑んだ。

「いらっしゃい、ソフィアちゃん」

「妃殿下、本日はご招待いただき、ありがとうございます」

すぐに数歩歩み寄ったソフィアが、ギルバートの横で令嬢らしく礼をする。そっと顔を上げて、思わず目の前のエミーリアに見惚《みと》れた。

ドレスは鮮やかな青だ。昼間の茶会だからか、夜会と異なり露出を抑え上品に纏めている。同色に染めたレースが控えめに袖口や裾から覗いているのも美しい。

そして何より、その衣装に負けない透き通った白い肌と華やかな美貌。

「私こそ、急に招待してしまってごめんなさいね。ソフィアちゃんと、ずっとお話ししてみたかったの。そんな堅苦しくしなくていいわ、こちらへいらっしゃい」

エミーリアは優雅に右手で自身の向かい側の席を指し示す。ソフィアは言われるままに更に歩み寄り、侍女が引いてくれた椅子に腰掛けた。

ギルバートも隣に座る。

「貴女《あなた》の今日のドレス、まるで妖精のようね。温室のお花が姿を変えて、私に会いに来てくれたのかと思ったわ！」

今日のソフィアは、先日ギルバートに選んでもらったピンク色のドレスを着ていた。この茶会が決まってすぐに、これだけはとギルバートが製作を急がせたものだ。スカート部分には、繊細な透け感のある柔らかな素材が何種類も重ねられている。

「そんな、私には勿体ないお言葉です……っ」

ソフィアは咄嗟《とっさ》に頬を染めた。

「ふふ、そんなことないわよ。そうだわ、この紅茶は私のお気に入りなの。どうぞ召し上がって」

目の前に侍女がティーカップを置くと、花の香りが濃くなったように感じる。ソフィアはその芳《かぐわ》しさに、小さく息を吐いて表情を緩めた。

「ありがとうございます、妃殿下」

「そんな。エミーリア、と名前で呼んでほしいわ」

エミーリアが寂しげに微笑む。

その表情を見て、ソフィアは何故《なぜ》か悪いことをしたような気持ちになった。高貴な人を名前で呼ぶなんて、恐れ多く感じてしまうが、本当に良いのだろうか。

ソフィアはしばらく迷ってから、口を開いた。

「で、では。エミーリア、様……？」

速まる鼓動を静めるようにそっと胸を押さえながら名前を呼ぶと、エミーリアは途端に花が綻ぶような華やかな笑顔を見せる。

ソフィアは恥ずかしくて僅かに俯《うつむ》いた。

「――あら、侯爵。まだいたの？」

エミーリアはまるで今気付いたとばかりにギルバートを見て、わざとらしく驚いた顔をした。

ギルバートはその顔に苦い微笑を貼りつけた。

「妃殿下、お邪魔しております。あまり私の妻を籠絡《ろうらく》なさらないでください」

「ギルバート様、何を……っ」

冗談だろうが、あまりに明け透けな表現にソフィアは恥ずかしくなった。慌てて隣に座るギルバートを見ると、もう口元を引き結んでいる。それが拗ねている故なのだと、今のソフィアには分かった。

「あら、侯爵の猫ちゃんだもの。私が手を出せるはずもないわ」

「でしたら結構ですが」

「ふふ。あの侯爵がソフィアちゃんのことになると、こんなに分かりやすいなんてね」

エミーリアの揶揄《からか》いに顔を赤くしたのはソフィアだった。

仕事をしているときのギルバートを、ソフィアはあまりよく知らない。最初にあの森で出会ったときのような無機質さなら、それは確かにエミーリアの言う通り、珍しく見えるのかもしれない。

「妃殿下、あまり揶揄わないでください」

「——貴方《あなた》、殿下に呼ばれているのでしょう？　そろそろ時間よ。大丈夫、ここは安全だから。貴方が帰るまで、私はソフィアちゃんとゆっくりお話しさせてもらうわね」

突然会話の内容を変えて、ね、と小首を傾《かし》げたエミーリアに、ギルバートが言葉を呑み込んだ。胸元から懐中時計を取り出して開く。時間が近付いているのだろう、ギルバートは僅かに眉間に皺《しわ》を寄せた。

「ソフィア、私は殿下の元へ行くが——」

心配だというようにソフィアの顔を覗き込むギルバートに、控えめに微笑む。

「何かあればすぐにお呼びします」

馬車を降りた時にギルバートが言った言葉を繰り返して言うと、ギルバートは安心したように表情を緩めた。

「ああ、行ってくる」

ギルバートはソフィアの髪先をそっと掬《すく》い上げ、触れるだけの口付けを落とした。突然の甘い触れ合いに驚き目を丸くするエミーリアに構わず、さらりと立ち上がる。

「妃殿下、失礼させていただきます。——仰《おっしゃ》る通り、私は愛猫に夢中ですので、あまりちょっかいを出さないでください」

生真面目な表情でギルバートが言ったその言葉に、エミーリアはころころと笑った。

「ええ、そうね。侯爵のそんな姿が見られただけで良しとしましょう」

ギルバートは一礼して温室を出て行く。

残されたソフィアは居心地の悪さを感じつつも、正面のエミーリアに向き直った。

「さて、邪魔者もいなくなったことですし。ソフィアちゃんには聞きたいことがいっぱいあるのよ！」

エミーリアの言葉に、どきりと心臓が跳ねた。

突然フォルスター侯爵家に転がり込んだ、男爵家の——今では犯罪者の縁者。

王太子妃でありギルバートとは以前から馴染《なじ》みのようであるエミーリアにとっては、ソフィアに対して言いたいことも聞きたいこともあって当然だ。

ソフィアは何を言われても逃げ出さないと、ぎゅっと両手を見えないところで握り締めた。

「——はい、何なりとお聞きください」

ソフィアの覚悟と裏腹に、エミーリアは嬉しそうに笑った。それから、ティーカップを置いて身を乗り出す。

「そう？　なら、教えてほしいの。貴女、侯爵のどこが好きなの？」

「……え？」

ソフィアは礼儀も作法も忘れ、ぽかんと口を開けた。問いかけるエミーリアの瞳は溢《あふ》れる好奇心に輝いていて、年齢の差を感じられない。

「だから、好きなところを聞いているのよ。貴女はとても可愛らしいし素敵な令嬢だと思っているわ。でも、侯爵はずっと氷のようとか、黒騎士だとか呼ばれて、怖がられていたわ。殿下とのお話で私はどんな方かは知っていたけれど……だからね、私、貴女が侯爵を好いてくれたことを、奇跡みたいに思ってるのよ」

だから直接聞いてみたかったの、と言うエミーリアに、自然とソフィアの口角が上がった。同時にエミーリアは本当に優しい人なのだと分かり、安心する。

その優しさに、握り締めていた手を解いた。

ソフィアはギルバートと過ごした日々を思い出した。言われてみれば、具体的に好きなところを考えたことは、これまでになかった。

ギルバートの優しさが好きだ。見た目も、とても綺麗だと思う。物静かなところも嫌いじゃない。しかし、だから好きなのかと問われると違う。

共に過ごした時間の穏やかさや、重ねた会話。

言葉にできない感情は、何と名前をつけたら良いのだろう。

「それは、ですね——きっと、ギルバート様が、ギルバート様だったからです」

口から出た言葉は、ソフィアの本心だった。

エミーリアが首を傾げる。

「あら、それはどういう意味かしら？」

「私が最初にギルバート様とお会いしたとき、私は彼に剣を向けられていたのです。そのとき、私は服も身体《からだ》もぼろぼろで、お金もほとんどありませんでした」

今振り返ると、本当に、一歩間違えれば死んでいてもおかしくなかったと思う。助かったのは、マティアスとギルバートのお陰だ。

「ええ、聞いているわ。前男爵も酷《ひど》いことをするわよね。それに侯爵も、いくら森で見つけたからっ

う。
「……それは、お仕事ですから」
マティアスと二人で馬を走らせていたのだ。突然現れたソフィアを警戒するのも、当然だったと思
ていきなり剣を出すなんて」

「その後、殿下のご指示でフォルスター侯爵家にお世話になることになって――」

突然抱き上げられたり、触れられたり、抱き締められたり。不器用で言葉足らずな優しさは、いつだってソフィアの傷付いた心を癒《いや》してくれた。落ち込む度、側《そば》にいて元気をくれた。急《せ》かすことなく何度も向き合ってくれた。

顔が赤くなっていくソフィアに、エミーリアは興味深げな目を向ける。

「あら、思い出して恥ずかしくなってしまったのね。本当、ソフィアちゃんって可愛いわ」

「そ、そんな。恐れ多いです……っ」

ぱたぱたと手で顔を扇《あお》ぐ。

まだ茶会は始まったばかりだ。これから何を聞かれるだろうかと、ソフィアは心配になった。正気のまま今日を終えられるだろうか。

気さくに接してくれるエミーリアに感謝しながらも、ソフィアは次の質問に身構えるのだった。

◇　◇　◇

「――殿下は相変わらずお強い」

「いや、ギルバートほど毎度接戦を強いられる相手はなかなかいない。楽しいよ」

一方、ギルバートはマティアスと二人、紅茶を飲みつつチェスに興じていた。

パブリックスクールの頃から、二人はよくチェスをしていた。勝敗数はほぼ同じ。互いにあまり遊ぶ相手がいない者同士、気軽に付き合っていた。

「左様ですか。ですが、今日はこのためだけに私を呼んだわけではないでしょう」

ギルバートは小さく嘆息し、決着のついたチェスボードの上で、白と黒とを選《よ》り分け始めた。

マティアスが休日をしっかりととるのは珍しい。そして、その日にギルバートを呼ぶのも珍しかった。何も言われてはいないが、何らかの事情があるのだろう。

そう、例えば――大っぴらにできないような政情について、とか。

マティアスが片側だけ口角を上げ、歪《ゆが》んだ笑みを浮かべる。

「――ギルバートの言う通りだよ。実は今日は、エミーリアに頼まれてね。ソフィア嬢と二人で女性同士の話がしたい、と」

エミーリアがソフィアから二人の馴れ初めを聞きたいとのことで、興味があったマティアスは二つ返事でそれを了承したという。

ギルバートは僅かに眉を顰めた。

「それは真実ですか」

「あまり人を疑うものではないよ、ギルバート。勿論真実さ。――ただ、それだけではないが」

それが良い話ではないことは、マティアスの表情を見れば分かる。

学生であった頃を除けば、ギルバートは数えるほどしかここに来ていない。今いるのは、王族の生活空間の中でも、王太子の私的な執務室だ。そこは表には持ち出せない書類や資料も多くある。

「やはりギルバートは察してしまうか。今日の話は、エラトスの件だ」

マティアスの言葉に、ギルバートはそっと目を閉じた。想定していたことの一つではあったが、そうでなければ良いと心から願っていたことも事実だ。

エラトスは、国王が急病だということで、二か月ほど前から後継の王子が政務をしていると聞いていた。病の国王は戦好きで、何かと口実を作ってはアイオリアの豊かな土地を狙って戦争を仕掛ける愚かな人だったが、王子はどうだろうか。

ギルバートが思い出したのは、いつかの取り調べだった。王城の内務に潜入したエラトスの男。彼が流したギルバートについての情報は、フォルスター侯爵は猫を溺愛している、というものだった。あの頃猫を人かもしれないと疑われていたギルバートは、今、ソフィアと結婚したばかりだ。仲睦《むつ》まじさも貴族達の知るところとなっている。ということは、ソフィアがギルバートの弱点たりえるとエラトスにも知られているだろうことは想像に難くない。

ソフィアを巻き込みたくはなかった。誰より幸せにしたいと願っているのだ。

覚悟を決めて、正面からマティアスの瞳を見る。片付けたチェスボードの上では、ゲーム開始前の形で駒が整然と並んでいた。

「エラトスが、また何か仕掛けてきましたか」

ギルバートは心を落ち着けてから問いかけた。

マティアスは小さく嘆息して、紅茶を一口飲んだ。

「何かを仕掛けている動きがあるから、ギルバートにも調査に出てもらおうとしたのだが……どうやら、遅かったらしい」

部屋の外から、足音が近付いてくる。

「あれは、私の近侍の靴音だ。今日は余程緊急でなければここには近寄らないよう伝えている。——さて、何があったかな」

マティアスが、それまでの親しみのある表情を王太子らしい無機質な笑みで覆い隠す。

ギルバートはチェスボードに視線を落とし、無言のまま黒のポーンを二マス進めた。マティアスもまた、白のポーンを進める。駒が盤を叩《たた》き、とん、と音が鳴る。

部屋の扉が叩かれ、慌てた様子の男が入室してきた。


マティアスがギルバートを伴って国王の執務室へ行くと、既にそこには国王とその側近だけでなく、王弟である近衛騎士団の団長、副団長と、各部隊の隊長クラスの面々が揃っていた。近衛騎士団第二小隊長のアーベルも、当然そこにいる。

ギルバートの入室に、アーベルはおやと僅かに片眉を上げた。

「マティアス、来たか」

「お待たせ致しました、父上。フォルスター侯爵の同席をお許しください」

マティアスが一礼するのに合わせ、ギルバートは少し後ろでそれよりも深く礼をする。公式の場でない以上、正式な礼は不要だろう。

国王は僅かに口角を上げた。

「隠しても不要であろう、許可する」

「ありがとうございます」

ギルバートは改めて頭を下げた。当然ここにいる皆が、ギルバートの特殊性を、能力としても駒としても理解している。反対の声は上がらない。

マティアスが頷いたのを合図に、ギルバートも皆の輪に加わった。

「――現状について報告する」

近衛騎士団長が話し始める。

ギルバートは背筋を伸ばし、その話に耳を傾けた。

自身に与えられる役割を、確認するために。

◇◇◇

「それでね、殿下ったら――」

エミーリアはマティアスのことになると、特に嬉しそうに話をした。

ギルバートとのことを聞かれ続けて耐えられなくなったソフィアが、エミーリアにマティアスとの馴れ初めについて聞き返したのだ。

エミーリアの話はまるで憧れのロマンス小説のようで、思わず引き込まれてしまう。二人のように友人同士から仲を深めて結婚する夫婦がどれだけいるのだろう。平民同士ならともかく、貴族に限ってはかなり少ないのではないか。

ソフィアとギルバートも随分と普通とはかけ離れた恋愛をしたと自覚はしているが、エミーリアとマティアスもまた、負けずとも劣らないようだ。

最初の緊張はすっかり取れて、今はただ、話の続きが待ち遠しい。

「それからどうなさったのですか？」

すっかり空になった二人の紅茶を、侍女がさりげなく注ぎ足した。

「そうね、それから……」

エミーリアが笑顔で口を開いたその時、温室の扉が外側から数回叩かれた。

ソフィアとエミーリアは顔を見合わせ、首を傾げた。

「どうしたのかしら？」

エミーリアが扉の向こうに問いかけると、焦ったような女の声が返ってくる。

「申し訳ございませんっ。王太子殿下より、緊急の遣いでございます」

「――入りなさい」

扉を開けて温室に入ってきたのは、侍女の一人のようだった。

エミーリアは侍女の顔を見て、僅かに安心したように表情を緩める。きっと信頼のおける者なのだろう。侍女は走らないぎりぎりの速度で、テーブルの側に寄ってきた。

「まぁ、貴女ね。そんなに慌ててどうしたの？」

ソフィアは急に不安になった。胸がざわつく。

侍女は乱れた呼吸を表に出すまいと、意図してゆっくりと呼吸をしていた。王太子妃の侍女がこんなにも取り乱すことなど、そうないだろう。

「殿下からのご伝言でございます。妃殿下におかれましては、お客様をお帰しにならず、王城内に留《とど》まるように、とのことでございます」

「出掛けるな、ということかしら？　――もしかして」

視線を落としたエミーリアは、何かを考えるように両手を胸の前で組み合わせた。人差し指でとんとんと手の甲を叩いて、思考の泉に沈んでいることが分かる。

しばらくして上げられた両目は、正面からソフィアを射抜いていた。

「ねえ。フォルスター侯爵も、こちらには来られないのよね？」

しかしその言葉は侍女に向けた問いかけだ。

「はい。侯爵様は殿下とご一緒でございます」

「お二人はしばらくかかるのね？」

「はい。いかがなさいますか？」

侍女の返事に、エミーリアは小さく嘆息した。

一つ一つの所作が、ソフィアに不安を与えるのには充分過ぎる。

「もう少しお茶をしてから、別室に移るわ。念のため、客室の用意をしておいて。そうね……こちらの棟で構いません。侯爵夫人が、お泊まりになるでしょうから」

「はい、かしこまりました」

侍女はエミーリアの指示に従い、一礼して出て行った。

ソフィアは慌てて声を上げる。

「――そんな、エミーリア様！　そこまでお世話になるわけには参りません……っ」

王族の私的なスペースにある客室など、その親族が泊まりに来たときくらいしか使われない。そんなところを借りるなど、とんでもないことだ。

「ごめんなさいね、ソフィアちゃん。きっと――侯爵は、今夜は帰れないわ。貴女のこともここに引き留めるようにと言われてしまったから、どうか遠慮しないでほしいの」

そう言うエミーリアは、沈鬱な表情を隠そうとして無理に笑みを浮かべているように見える。

他人の表情に敏感なソフィアはそれを感じ取って、不安から深緑色の瞳を揺らした。何があったのだろう。きっと良いことではない、それだけは確かだった。

「あの、エミーリア様。もし……もしお答えいただくことが難しいようでしたら、何も仰らなくても構いません。ですが――もしかして、何かあったのですか？」

何も知らないままではいられない。

ソフィアはフォルスター侯爵であり、近衛騎士団第二小隊副隊長であり、また魔法騎士でもあるギルバートの妻なのだ。向き合いたくない現実がたくさんあることも、既に知っている。

――まだその全てと向き合う覚悟ができているとまでは、言い切れないが。

エミーリアは、ソフィアを安心させるように微笑みを作った。それが作り物だということくらい、今のソフィアにも分かる。

「どちらにせよソフィアちゃんにはすぐ知れることだから大丈夫よ。――貴女達、少し外へ」

人払いをしたエミーリアは、大分冷めてしまっている紅茶を一口飲んだ。上品な所作なのに、テーブルにカップを置く小さな音がいやに響いて聞こえる。

ソフィアは静かにその動作を目で追った。美しいエミーリアの瞳の奥で、静かな炎が燃えている。

「エラトスが……南の国境から攻めてきたのだと思うわ」

ソフィアはその言葉にティーカップに掛けた手を止めた。ぐるぐると回る頭の中で、本と侯爵家で学んだ知識を総動員する。

エラトス王国とは、このアイオリア王国の南隣に位置する国だ。これまでも何度も戦争が起きている。気候の影響で農業には向かない痩せた土地が多いエラトスが、アイオリアの豊かな資源と土地を手に入れるために戦争の理由を色々と作って攻撃を仕掛けているのだと聞いている。

ちなみに、アイオリアは毎回最低限の犠牲でエラトスに勝利しており、国境線は長年動いていない。

「兆候はあったの。殿下は今日、侯爵とその話を内密にすると言っていたわ。——だから本当は戦になる前にどうにかしたかったのだけれど。思ったより……早かったわね」

エミーリアの真面目な表情に、ソフィアはそれ以上何も聞けなくなる。

紅茶の水面が揺れていた。それが手が震えているせいであると気付き、慌ててテーブルの下に隠す。

「そう、でしたか」

ソフィアはそっと呟いた。

ギルバートは戦地へ行くのだろうか。本当に戦は始まってしまったのか。

いつかの街や領地でも感じた、残酷な現実に対する恐怖が、ソフィアの中でまた少し育っていくのを感じた。

2章　令嬢と黒騎士様は想い合う

ソフィアに与えられたのは、一人で眠るには充分に広過ぎる客室だった。

寝台はいつもギルバートと共に使っているものと同じくらいの大きさで、部屋はそれよりも大きい。

気を遣ってくれたのか、あの後しばらくしてからソフィアを客室に案内すると、エミーリアはすぐに自室へと戻っていった。代わりに侍女が湯浴みと着替えを手伝いに来て、食事も部屋に運んでくれた。

ソフィアにとって、心の中がぐちゃぐちゃな今の状態で他人と関わらずに済むことは、とても有り難かった。どうしても、今誰かと会話に花を咲かせることはできそうにない。

「――ギルバート様」

すっかり日も暮れて、透き通った窓の外に青白い月が浮かんでいる。

ソフィアは藍晶石の指輪を付けた左手で、部屋の明かりを小さくした。窓から差し込む澄んだ光が、より鮮やかになる。その色は、まだ肌寒い夜に相応《ふさわ》しくどこか物哀《ものがな》しい色をしていた。

ギルバートはきっと忙しくしているのだろう。

ソフィアに詳しいことは分からないが、話によるとエラトスと戦争になってしまったらしい。マティアス付きの近衛騎士団第二小隊が深く関わるかは判断できないが、即戦力になり戦況を助けることもできる魔法騎士は、きっとすぐに現地に投入される。

ソフィアの想像以上に、大変なことになるはずだ。

月は独りのソフィアに酷《ひど》く冷たい。

寂しい、会いたい、不安で仕方ない。

しかしその気持ちを言葉にできるほど、ソフィアは子供にも、世間知らずにもなれなかった。

寂しいなど、言ってはいけない。不安など、悟られたくない。ギルバートは国のために命を懸けるのだから。

ギルバートは、いつかこのような状況になることを予測していたのだろうか。

ソフィアはいつだって、強くなろうと努力していた。ギルバートの隣に立てるように、フォルスター侯爵家の家人として認められるように。侯爵夫人として必要な勉強も、大変でも弱音は吐かなかった。

しかしどれだけ頑張っても、どれだけ学んでも、愛する人を笑顔で戦地へ送り出せるほど、強くはなれそうもない。

カーテンを閉め、寝台に腰掛けた。眠れなくても横になるべきだろう。今、ソフィアの体調でギルバートに心配をかけたくはない。

寝台は柔らかく、寝具は軽く温かい。

夢に見たのは、最後に見た優しかった両親の後ろ姿だった。


翌朝ギルバートがやってきたのは、ソフィアの身支度が終わってすぐのことだった。

ギルバートは今日も見慣れた黒い騎士服に身を包んでいる。表情は少し硬くて、それが少し悲しい。

「ソフィア、準備はできたか」

「お待たせしてしまいましたでしょうか？」

ソフィアが眉を下げると、ギルバートは僅かに表情を緩めた。

「いや、そんなことはない。帰ろう」

ギルバートが差し出した左手に、ソフィアは頷《うなず》いて右手を預けた。少しだけ、今だけは、この手はソフィアだけのものだ。

乗り込んだ馬車は昨日来た道を引き返していく。

ソフィアは視線に迷って窓の外に向けた。少しずつ、王城が遠くなる。

「――頼みがある」

ギルバートが口を開いたのは、王城が見えなくなってしばらくしてからだった。

ソフィアは顔を正面に戻して、目を合わせる。

「ギルバート様？」

ギルバートはソフィアが思わず問いかけるほど、眉間に深い皺《しわ》を刻んでいた。きゅっと引き締められた口元が、これから話す内容の深刻さを表しているようだ。

「しばらく私は多忙になる。帰りが遅いときは、待たずに先に休んでほしい」

「分かりました。あまり、ご無理はなさらないでくださいね……ね」

覚悟していたことだった。

ギルバートは無言のままに頷き、対面に座るソフィアの手を取った。それはまるでいつかのように、その本心を探るかのように。

少しして侯爵邸に着いたようで、馬車の揺れが収まった。車輪の音が無いと、二人きりの馬車の中はあまりに静かだ。

「ありがとう。――それと」

握る手に、ぎゅっと手に力が入れられる。

ソフィアがはっと目を見開いたときには、腰を浮かせたギルバートに強く抱き締められていた。その腕の強さに縋《すが》りつくように、ソフィアは自由な左手をギルバートの背に回す。

「しばらくの間、この家の敷地から出ないでくれ。不自由だろうが……頼む」

囁《ささや》きに近い、絞り出された声がソフィアの胸に刺さる。それは、頼みではなく懇願だった。

「――はい」

ソフィアも囁くように返す。

「すまない……だが私には、それ以外にお前を守る術《すべ》がない。何日かすれば、私も南部のバーガン領へ行くことになる。――側《そば》で守ってやることが、できない」

扉の外に人の気配がした。きっと御者とハンスだろう。中の様子を窺《うかが》っているのが分かる。

ギルバートはそれでも、ソフィアを抱き締める腕を緩めようとはしなかった。

ソフィアは緩く首を振り、繋《つな》がれたままの右手を安心させるように強く握り返した。

顔が見えていなくて良かった。今、綺麗《きれい》に笑える自信はない。

「いいえ、ギルバート様。貴方《あなた》は、私を……私達を、いつも守ってくださっています。だから大丈夫です。――私、ちゃんとここにいます。お待ちしていますから……」

ギルバートがソフィアの腕に手をかけ、ゆっくりと外した。そのままそっと座面の上で重ねられた手は、互いに離れたくないと主張しているように動かせない。

馬車の外から使用人達の会話が聞こえて、ソフィアとギルバートはぱっと同時に手を放した。邸《やしき》に着いているのに馬車からなかなか降りてこない二人を、どう思っただろうか。思い出した羞恥心に顔が熱くなる。

きっと真っ赤な顔になっているソフィアを気遣うようにギルバートが先に馬車を降り、迎えに出ていたらしいハンスと会話を始めた。

「旦那様、御者が困っておりましたよ。奥様といちゃつくのは、お部屋でなさってくださいませ」

「いや——私はこのまま王城へ戻る。ハンス、カリーナにソフィアを休ませるよう伝えてくれ。昨夜はあまり眠れていないはずだ」

「かしこまりました」

馬車の外からギルバートとハンスの声が聞こえる。

ソフィアはのろのろと腰を上げて踏み台に足を乗せた。ギルバートが気付いて手を貸してくれる。

玄関の扉の前で、ギルバートはソフィアの手を離した。

「ソフィア、行ってくる」

「いってらっしゃいませ。あの……」

ソフィアは言葉が浮かばず俯《うつむ》いた。

昨夜夢に見た両親の姿が、ちらりと脳裏をよぎった。ソフィアは両手でドレスの裾を握り締める。

自覚が無いまま、今のソフィアはいつかの自分と同じ行動をしていた。

ギルバートは距離を詰めると、ソフィアの頤《おとがい》に手を掛け上向かせた。そっと触れた唇は、すぐに離れていく。

「夜には戻る」

薄く笑んで踵《きびす》を返したギルバートは、用意させていた馬に乗った。黒毛の馬はやはり逞《たくま》しく、銀の髪が日の光を受けて輝く。

「お待ちしています……っ！」

後ろ姿に向けた声に、ギルバートは軽く片手を上げて応えた。

少しずつ小さくなる背中をじっと見つめる。大丈夫、大丈夫。言葉に意味はなくても、自身を励ますために心の中で繰り返す。今夜だってここに帰ってくると言っていた。まだ何も心配することはない。

その背中が見えなくなっても、ソフィアはしばらくそこに立ったままでいた。

「——奥様、お部屋へ参りましょう？　カリーナに部屋を整えさせます。お顔の色があまりよろしくないようですから、今日はゆっくり休んでください」

ハンスがギルバートから受け取ったいくつかの荷物を抱えたまま、気遣わしげにソフィアに声をかけた。

「そうですよね。——ありがとうございます、ハンスさん」

ソフィアは笑顔を貼りつけて頷いた。

心配をさせたくない。ソフィアは、まだなりたてだが、それでもこのフォルスター侯爵家の女主人なのだ。ギルバートの妻という地位を、放棄したくない。

ハンスは気丈に振る舞うソフィアに少し安心したように笑った。

「ええ。非常時ではありますが、まだ旦那様がどこかへ行くわけではございません。それに旦那様はお強いですから、何かあっても大丈夫です。安心してお休みください」

扉を開けてくれているメイドにも微笑《ほほえ》みを向けて、階段を上る。

部屋に戻ろう。部屋に戻って、刺繍《ししゅう》の続きをしながら、ギルバートの帰りを待とう。信じることしかできないけれど、だからこそソフィアは、心を強く持とうと決めた。帰ってきたギルバートに、笑顔でおかえりなさいと言えるように。

そう決意をして自室に戻ると、先に部屋を整えていたカリーナがソフィアの側へと駆け寄ってきた。

「おかえりなさい、ソフィア……って、大丈夫⁉ 何かあったの？」

ソフィアの顔を見て、目を丸くしている。頼りになる友人の姿に、ソフィアはほぅと息を吐いた。

余計な力が抜けて、ふらふらとソファに腰を下ろす。

「……何もないわ。大丈夫だから」

カリーナはすぐにソフィアの上げていた髪を下ろして、正面に回って濡《ぬ》れたコットンを肌に当てた。

「そんな顔じゃ何も誤魔化せないわよ」

今朝王城の使用人にされた薄めの化粧を落とされ、髪も解かれていく。

カリーナの言葉に思わず右手を頬に当てると、ソフィアの頬は自身が思っているよりもずっと冷たくなっていた。そんなに強張《こわば》っていただろうか。

これは顔色も良くないだろうと、妙に冴《さ》えた頭で思う。

「ほら、さっさと着替えちゃいましょう。何をするにせよ、まずは休みなさい」

カリーナがソフィアをそのままに、楽な部屋着を持ってくる。あっという間に着替えさせられ、手を引かれて寝台へと連れて行かれた。

「カ、カリーナ。あのね……」

「良いから！」

ソフィアは強引なカリーナに小さく頷き、寝台に入る。広い寝台は、やはり一人で寝るには大きかった。カリーナが天蓋を下ろし、部屋のカーテンを閉める。

「とりあえず昼食まで、ね。おやすみ、ソフィア」

「おやすみなさい……」

カリーナは寝室の端に控えているようだ。

同じ部屋に信頼する人の存在を感じて、ソフィアは安心した。身体《からだ》の力を抜いて寝台に預けると、慣れた香りに包まれていることに気付く。それは爽やかで甘く、優しい香りだ。

「――ギルバート様」

言葉の形に口を動かす。

ここは、ソフィアとギルバートが使っている寝台だ。共寝を許されてから一月、毎晩ここで温《ぬく》もりを貰《もら》ってきた。その事実が、ソフィアの心を慰める。

確かに昨日から、ソフィアはずっと気を張っていた。

目を閉じても穏やかな眠りは訪れてくれない。それでも少しでも身体を休めようと、ソフィアは瞼《まぶた》の裏に広がる闇を見ない振りをした。

◇　◇　◇

王城に戻ると、ギルバートはすぐに第二小隊の執務室へと向かった。室内には既にギルバート以外の隊員が揃《そろ》っている。

「副隊長、お疲れ様です」

かけられる声に頷き、室内を見回した。予定の時間より早いが、全員がいることを確認して部屋の扉に鍵を掛ける。念のために、防音魔法もかけておいた。

「お待たせして申し訳ございません」

「構わん、定刻前だ。お前は昨日から働き通しだろう。悪《わ》りぃな」

アーベルが鋭い目を更に細める。言葉の通りに思っていないことはギルバートにも分かっている。今は国の有事なのだ。このようなときに役に立たなければ、騎士とは言えないだろう。

「いいえ」

短く答えたギルバートは、すぐに皆の輪に加わった。

中心の机の上には、隣国であるエラトスとの国境付近を拡大した地図が広げられている。

アーベルがインクの付いていないペンを、地図の国境線上に滑らせた。

「現在の戦線はバーガン辺境伯領内にある国境線上の、この地点だ。バーガン伯の尽力により、戦線は開戦時より動いていない」

各地の辺境伯には有事に備え、王城の近衛騎士団長に直接連絡が可能な魔道具を渡している。現地からの報告にはそれが使われていた。

「宣戦布告はエラトスの国王名の書状によって為され、こっちの返答を待たずに、最初の砲弾が防御壁に向かって発射されている」

その言葉に、事情を詳しく知らなかった隊員数名が驚いたように目を見開いた。

「バーガン伯は応戦する形でエラトス側に設置されていた砲台を破壊。小競り合いはあったが、現在はほぼ膠着《こうちゃく》状態となっている。領兵に負傷者数名、領内の医師達が介抱にあたっている」

昨日事態を把握していたギルバートは、強引な開戦からして、より大きな被害を予想していた。しかし被害規模は、予想を大きく下回っている。

「開戦方法を見るに、エラトスにしては戦術を練っていると思われます。破壊されたのは魔道具でしたので」

アーベルの言葉にギルバートが付け加えると、隊員達がより険しい表情をした。

アーベルが大きく頷き、地図に赤く印付けられた数か所の地点を指す。

「エラトスとの国境線には、皆の知る通り魔道具によって作られた防御壁がある。防御壁の起点が図の地点——魔道具が設置されている場所だ。今回の砲撃により、うち一点が破壊された。既に数名の魔法騎士と魔道具師が応急処置に向かっている」

起点には魔石に魔力を込めた特殊な魔道具が置かれており、それらを繋ぎ防御壁としている。一点が破壊されると、その左右の地点までの間の壁が消えてしまうのだ。本来ならば砲弾も人も通さない防御壁だが、起点となる魔道具が破壊されている現状では、何でも通り放題だ。今はまだ大きな被害は出ていないようだったが、早く修復しなければ、国境を抱えるバーガン領はあっという間に戦地となってしまうだろう。

アーベルは話を締め括《くく》るため、一度大きく息を吐いた。

「近衛騎士団は一時王都にて待機。先に国軍の三分の一をエラトスに向かわせる。第二小隊は戦況を見て殿下の指示に従う。ギルバート、王都にいる魔法騎士は受け入れ準備の完了を待って、移動装置より三日後に出発だ」

近衛騎士団長の指揮下に設置されている国軍は、街の警備兵や近衛騎士団の一般兵が掛け持ちしていることが多い。平和な時代、国が軍を単独で保有する必要はなかった。

この第二小隊は王太子直属で、通常国軍との掛け持ちは認められていない。しかし魔法騎士だけはその括りから外れる。魔法によって起動する移動装置を使うことができるため、通常の兵士よりも移動時間がかからない。また一人でも充分過ぎる戦力になる魔法騎士は、戦争においても諜報《ちょうほう》においても貴重だ。

「かしこまりました」

ギルバートは表情を動かさないまま頷いた。

隊員達にはギルバートの本来の任務を知られてはならない。

魔法騎士の任務は通常、補給と魔力による武力増強等だ。また激戦になれば直接戦闘を行うこともある。しかし、ギルバートに限ってはその範囲ではない。たった今アーベルが言った投入の予定もフェイクだ。

「以降休日の報告義務を適用する。以上、解散！」

有事の際にすぐに動けるよう、近衛騎士団では、特例で隊員にどこにいるのか常に報告させることができる。今回もその特例を適用するということだろう。

誰からも不満の声は上がらず、その場は解散となった。

「ギルバート」

それぞれが己の職務に戻っていく中、アーベルはギルバートを呼び止めた。

マティアスの元へと向かおうとしていたギルバートは足を止めて振り返る。アーベルの顔には、不満の色がありありと浮かんでいた。

ギルバートは思わず表情を緩めて苦笑する。

「隊長、気にし過ぎです」

「だが──」

アーベルが言葉を紡ぐのを、首を左右に振って止める。まだ執務室に残っている者もいるのだ。

「──いつものことですので」

昨夜の御前会議でギルバートに与えられた任務は、単独でのエラトスへの潜入捜査だった。

報告には通信用の魔道具を使用し、直接戦争の原因を探り対応することになる。

以前エラトスから貴族の男が一人、単独で王城内に潜入していたことがあった。援護体制は異なるが、その任務内容自体はほぼ同じものだ。勿論《もちろん》ギルバートの場合はより忍んでの行動となる上、状況によって交渉権も行使できるが。

出発も他の魔法騎士より早く、二日後──明後日となる。

「お前……奥さんはこのこと、知ってんのか？」

アーベルは、通常の魔法騎士よりも危険な任務に単独で向かうギルバートを心配していた。

ギルバートの脳裏にソフィアの顔が浮かぶ。心細い思いをさせたのだろう、心配をさせているのだろう。邸で別れたとき、ソフィアは泣くのを堪《こら》えているような表情をしていた。

湧き上がる気持ちをぐっと押し込めて、ギルバートは口を開く。

「彼女は大丈夫です」

フォルスター侯爵邸にいる限り、ソフィアの安全は保障されている。警備も増やしているし、使用人の中には武術を習得している者もいる。

一騎士であるギルバートにできる精一杯だ。きっと、ソフィアも分かってくれているだろう。

アーベルは何か言いたそうに口を開いたが、ギルバートの顔を見て言葉を呑み込んだ。

「――……分かった、気を付けろよ」

アーベルは立ち止まったギルバートの背を叩《たた》き、追い抜いて執務室を出て行った。

室内にいたケヴィンが残されたギルバートに険しい表情を向けていることを、他の誰も、ギルバートですら気付いていなかった。

◇◇◇

ソフィアが目覚めると、窓から差し込む光は既に赤く染まっていた。眠り過ぎてしまったと、慌てて寝台を出て部屋の扉を開ける。

「おはようございます、奥様」

結婚してから増やされた侍女が、ソフィアに微笑みかけた。カリーナはいないようだ。

「ありがとう、すっかり眠り過ぎてしまったわ」

「いえ、お元気なようで何よりです。旦那様は本日、お帰りが遅くなると伺っておりますので、お食事の用意をするよう伝えて参りますね。――あっ、カリーナもすぐに着替えを持って参ります！」

一礼してぱたぱたと出て行く侍女を見送り、ソフィアは小さく息を吐いた。侍女とはいえ、まだカリーナ以外の人には気を遣う。

「ソフィア、お待たせ。着替え持ってきたわよ」

少ししてやってきたカリーナの笑顔に、ソフィアも自然と笑顔になった。

「ありがとう」

「あら、随分と顔色良くなったじゃない。良かったわ」

ぐっすり眠ったお陰で、確かに心の靄《もや》は晴れている。

からりと笑ったカリーナに、ソフィアはまた救われたような気がした。

その日の夜、ソフィアはスリーピングポーチのテーブルのランプを点《つ》けて、手元のハンカチに刺繍を入れていた。幸運を願ったクローバーの葉と花は、男が持つには、ましてギルバートが持つには少々可愛《かわい》らし過ぎるようにも思う。

ソフィアはギルバートに何度もハンカチを贈ってきた。薔薇《ばら》のデザインの物もあったが、基本的には男の人らしく騎士らしい物を意識して作っていた。

「――それでも、良いよね。一枚くらい」

ギルバートはきっと、戦地へ行ってしまうのだろう。そのとき共にいられないソフィアには、ただ信じて祈ることしかできない。

どうか、ギルバートが怪我《けが》をせず、無事に帰ってきてくれるように。

今夜は家に帰ると言っていたのだから、こうして待っていれば、きっと顔を見ることができる。

丸い木枠に張ったハンカチに、ひと針ひと針を丁寧に刺していく。魔道具でないランプの明かりは弱く温かい色で、手元を控えめに照らしてくれている。

レースのカーテン越しには、昨日よりも少しだけ欠けた月が柔らかな光を届けてくれていた。

しばらく続けていると、寝室の扉が開く音がする。

ソフィアははっと手を止めて、振り返った。

「――ソフィア、起きていたのか」

優しい声がした。

明かりを落とした寝室は、スリーピングポーチから離れるにつれて暗くなっていく。一歩、一歩とギルバートが近付いてくる度、少しずつその姿が明るく、表情が分かるようになってきた。穏やかだがどこか疲労の滲《にじ》む笑顔に、ソフィアは胸がいっぱいになる。

「おかえりなさいませ……っ」

針を生地に刺し、木枠を投げ出すようにテーブルに放る。

駆け出したソフィアの肩からストールが滑り落ちた。背後でぱさりと軽い音がする。

勢いのまま広い胸に身体を預けるようにぶつかると、ギルバートはソフィアの細い肩をしっかりと受け止めてくれた。

慌てて抱き締めてくれる腕が、あやすようにソフィアの背を撫《な》でる。不器用な優しさが愛《いと》おしい。

「どうした、何かあったか？」

ソフィアはギルバートの胸元に顔を押し付け、否定の意味を込めて首を左右に振った。

「いいえ、何も……何もございません」

「すまない。私は、あまり察しが良くない」

顔を上げると、心配そうな瞳のギルバートと目が合った。

ソフィアは気付いて表情を緩める。

「ただ、少しだけ。寂しかっただけです。ご心配なさらないでください。――おかえりなさいませ、ギルバート様」

ソフィアが微笑めば、ギルバートは相変わらずどこか心配そうにしながらも、優しく微笑み返してくれる。それが嬉《うれ》しくて、ソフィアはぎゅうとギルバートの背に腕を回した。

◇◇◇

出発の前日、ギルバートはマティアスと共に王太子執務室にいた。

このような有事においては、魔法騎士であるギルバートが第二小隊から離れて活動するのも当然のこととして受け入れられた。隊員の中にはギルバートが他の魔法騎士とは別行動をしていることに気付いている者もいるだろうが、任務だと察しているため、表立って口にされることはない。

机上にはいつも以上に書類が多いが、人の出入りはさほど多くない。

いつものように少し後ろに立とうとしたギルバートに、応接ソファの対面に座るよう指示したのはマティアスだった。今日は護衛ではないのだから、と。

「ギルバート、いつもすまないね」

マティアスは紅茶を口にし、小さく嘆息した。

ギルバートは無言のまま、次の言葉を待つ。

「――本来、諜報は父上直属の特務部隊の役割だ。能力があるとはいえ、一魔法騎士に危険度の高い潜入捜査など、本来はさせるべきではないのだが……」

「いえ、分かっております」

ギルバートが近衛騎士団に入団するとき、是非にと言われた特務部隊。それを拒否し、マティアス付きの第二小隊を選んだのはギルバートだ。そのときから、有事の際には潜入捜査や諜報を任されてきた。

それは自身が蒔《ま》いた種であり、自身が作り出してしまった歪《ゆが》みでもある。

「元は私の我儘《わがまま》です。殿下の元を選んだのは、自身の判断でした。これまでと同じです」

これまでだって、危険なことは何度もあった。今回は自身の判断での交渉権を得ているだけましと言えよう。戦争の相手国に潜入して内情を探るなど、甘く思えるような任務もあった。

「いや……君の魔力も魔法騎士としての実力も知っている私は、何も心配はしていないよ。しかし、ソフィア嬢の気持ちを思うとね、やはり居《い》た堪《たま》れない」

マティアスがギルバートの前に置かれている紅茶の水面をじっと見つめている。

ギルバートもまた目線を落とした。最初に置かれてから、それは全く減っていない。

「ソフィアには、何も言っていません」

心配させることは分かっていた。

エラトスの王城内部に潜入するなどと言ったら、あのか弱く愛らしい妻はどんな顔をするだろう。戦地に行くと言っただけでも、あんなに不安そうにして、心を乱させているのに。

「――何も？」

マティアスがギルバートと目を合わせた。その空色の瞳は、誤魔化しを許さない王族としての威厳を確かに持っている。今のギルバートには少し痛い。

「はい。……ソフィアを不安にさせたくありません。それに家にいれば、彼女は安全ですので」

戦争と知ったソフィアは悲しそうにしていた。怖いと思うものには、できるだけ近付けたくない。

「ギルバート、そうじゃないよ。今ソフィア嬢を不安にさせているのは、君だ。彼女は弱そうに見えて、芯は強い。それは君がよく知っているだろう？　――確かに任務について詳細に伝えることはできないが、有事の際に君がどう動くことになるのかは、ソフィア嬢のためにも、伝えておくべきではないかな」

「そう、ですね」

マティアスの射るような目からそっと視線を逸《そ》らす。

ギルバートはマティアスの言葉の意味を知っていて、まだ覚悟ができないままでいた。


帰宅したギルバートがハンスに聞くと、ソフィアは夕食を終えて自室にいると言う。ギルバートは食事を終え、夜着に着替えてから寝室へと向かった。

潜入に使う道具は騎士団で用意される。ギルバートは明日の出発に向けて、いつも身につけている魔力を抑える腕輪と、ソフィアと繋がる耳飾りと、自身の剣以外に、用意するものはなかった。

「ギルバート様、おかえりなさいませ」

昨日と同じようにスリーピングポーチの椅子に座っているソフィアが、ふわりと微笑んだ。しかし今日のソフィアはすぐに視線を手元に戻す。

「ただいま。何をしているんだ？」

ギルバートはソフィアの側まで歩いていく。軽く頭を撫で、向かいの椅子に座った。

ソフィアは真剣な表情でじっと作業を続けていた。

「少々お待ちください。すぐに、できますから」

何かと思って覗《のぞ》き込めば、どうやら刺繍のようだ。明るい緑と柔らかな白が可愛らしい。白い生地に刺しているのに、その花と葉は鮮やかに浮かび上がって見えた。

相変わらず素晴らしい腕前だと感心する。

「──できましたっ」

ギルバートがじっと見ているうちに、完成したらしい。

ソフィアは満足げに木枠から外し、手で軽く皺を伸ばしてから綺麗に畳んで両手に持つ。

「ギルバート様。どうか、こちらをお持ちください」

差し出されたそのハンカチには、女物のような可愛いクローバーの刺繍。ちょうど今の季節、この花は邸の中庭に咲いていているだろう。

ギルバートは受け取りつつも、困惑してソフィアを見る。任務には、私物は極力持ち込まないことになっているのだ。

「これは」

「ギルバート様には可愛らし過ぎるかと思いますが……願いを込めて作りました。どうか、無事でお戻りください」

ソフィアは肩を震わせながらも、控えめに微笑んでいた。

ギルバートはその言葉に胸が詰まった。

昼間、マティアスに言われたことの、本当の意味を理解する。ソフィアは何も知らなくても、伝えなくても、いつだってギルバートの最善を考え、尽くそうとしてくれているのだ。

今不実なのは、間違いなく自分の方だ。

「ソフィア、私は――」

ハンカチを握り締める。

口を開いたギルバートを、ソフィアの指が止めた。テーブル越しに人差し指が唇に触れている。

「存じております。ハンスさんが、教えてくれました。ギルバート様には、特別な力がお有りだから、こういったときには危ないお仕事をすることもあるのだと。……詳しいことは、聞いてはいけないことも」

ハンスがソフィアにそれを伝えたのは今朝のことだったそうだ。ギルバートの出発前に伝えるべきだと思ってのことだ。フォルスター侯爵家では当然のこととして知られているそれを、ソフィアに教えるのは当然だろう。

ギルバートに、ハンスを責めることはできない。

「黙っていて、すまない」

「いいえ、私を思ってのこと……ですよね。ごめんなさい。それでも、やっぱり心配です……」

ソフィアが俯く。陰りのある表情がギルバートのせいであると思い知らされ、自身の至らなさを実感する。しかし自分のせいだとしても、ソフィアを悲しませたくはなかった。

ギルバートは立ち上がり、ソフィアの手を取った。腕輪を外したギルバートと眠るために、その指にはいつもの藍晶石の指輪は無い。

自分の瞳と同じ色のそれを見る度、口にはできない独占欲が満たされていた。今は無いそれがギルバートと過ごすために外されたと知っていて、それでも胸が騒つく。

ギルバートを見上げる少し潤んだ深緑色の瞳の中には、カーテンで薄くぼやけた月が本物よりも丸く映っていた。

「謝らないでくれ、ソフィア。──私が帰る場所は、お前がいる場所だ。だから安心して、ここで帰りを待っていてくれ」

自分の口から出た、縋るような音に驚いた。それはまるで、ギルバートの願望をそのまま乗せたような音だ。

ソフィアの目が大きく見開かれ、堪えていたらしい涙がぽろりと落ちた。それを惜しいと思い指先で拭うと、ソフィアはギルバートが初めて見る、穏やかで優しい温かな笑みを浮かべる。大人びたそれが、胸を抉《えぐ》った。

「はい。……私、お待ちしておりますから」

ソフィアの瞳はギルバートから逸らされることがない。

そのまっすぐな思いがギルバートに刺さる。

「ありがとう。……ソフィア、もっと近くに──」

立ち上がってゆっくりと歩み寄るソフィアを、ギルバートはできるだけ優しく抱き留める。

ソフィアのか細い腕が、そっと確かめるようにギルバートの背中に回された。

◇　◇　◇

ソフィアが目覚めたときには既に部屋は明るくなっており、隣にいた温もりも消えた後だった。

ゆっくりと息を吸うと、香水とは違うギルバートの香りが鼻腔から身体の中をいっぱいに満たしていく。

「――ギルバート様……」

その名前を口にすると、涙が溢《あふ》れた。

どんなに愛しい香りに包まれていても、ギルバートが既に行ってしまった事実は変わらない。残されたソフィアには、帰りを待つことしかできないのだ。

今はただ、無事でいてくれることを願うだけ。

昨夜は堪えていた涙が、また流れる。

「ソフィア、……起きた？」

カリーナの珍しく遠慮がちな声がソフィアを呼んだ。

「うん、起きたわ……」

どうにか言葉を返すと、おずおずと天蓋に手が掛けられた。控えめに開かれた隙間から、小さなガラス容器が差し出される。

「あのね、これ。先に見せてあげようと思って」

そこにあるのは、毎晩寝る前に外している藍晶石の指輪と、小さなカード。

指輪を結婚指輪の隣、左手の小指にはめてから、そのカードを手に取った。飾り気の無いシンプルな白いカードは、ギルバートが何度も使っているものだ。

相変わらずの短い文章に、思わずくすりと笑みが漏れる。


——私がいない間、どうか指輪を外さないでほしい。必ず帰る。　G．F

見慣れたカード、見慣れた筆跡。少し走っている文字から、慌ただしい中で書いてくれたことが分かる。

その気持ちが愛しくて、そっと唇を寄せて目を閉じた。最後の涙が落ち、サインの端を滲ませる。

ソフィアはぎゅっと手の甲で顔を拭った。ギルバートは、ソフィアを信じて出かけたのだ。泣いてばかりいては、心配させてしまう。

「ありがとう、カリーナ。心配かけてごめんね」

まだ少し震える声に、自身を叱咤するようにぎゅっと拳を握った。

「……ほら、今朝はソフィアの好きなガレット焼いてもらってるわよ。起きて起きてっ」

カリーナが少しわざとらしい明るい声で言う。

「うう……ありがとう」

「大丈夫よ、シャワー浴びる？」

問いかけに頷いて、ソフィアは身なりを軽く整えた。

カリーナが部屋のカーテンを開け、天蓋を柱に括り付ける。そしていつものようにその場を離れようとして――寝台に座っているソフィアを見て動きを止めた。

「――やだ、ソフィア。それ、ギルバート様ね!?」

顔を真っ赤にして大きな声を出したカリーナに驚き、ソフィアは首を傾げる。

「え?」

「それよ、それ。……もうっ！　外出禁止じゃなかったとしても、こんな目立つところに付けられたら出掛けさせられないわよ！」

カリーナの指がソフィアの首筋を示している。自分では確認できない位置なのでソフィアが困っていると、すぐに手鏡を渡してくれた。

ソフィアが鏡を覗くと、首筋には、言い訳のしようもない小さな赤い痕があった。それが口付けの痕だと気付き、慌てて手でそれを隠す。

「……っ」

ソフィアは真っ赤になった顔で俯いた。

ギルバートの存在を近くに感じて心は暖かいどころか熱いくらいだが、想《おも》いを見せつけているようなそれを見られるのは恥ずかしい。

カリーナが呆《あき》れたように笑った。

「隠せる服にするわよ、後でちゃんと見せなさいね。それよりお風呂！　用意してあるから来てっ」

カリーナに急《せ》かされるままに、ソフィアは寝台から降り、立ち上がった。

「……旦那様にも困ったものだわ」

「違……っ」

ギルバートをフォローしようとして、ソフィアは言い淀《よど》む。昨夜縋った腕は、まだその存在を忘れていない。

カリーナは仕方ないわねと笑って、ソフィアをまた浴室へと急かした。

◇　◇　◇

ギルバートは予定通りの時間に王城に着き、更衣室の扉を開けた。

まだ早朝だ。それなのに誰もいないはずのそこには何故《なぜ》かアーベルがいて、軽く手を上げている。

「おはよう」

「……おはようございます、隊長。お早いですね」

「ああ、ちょっとな」

ギルバートは着てきた魔法騎士団の制服である黒い騎士服を次々と脱いで、雑に近くにあった椅子の背に掛けていった。

侯爵邸ならばハンスがすぐにハンガーに掛けてくれるのだが、ここでは後で自分でしなければならない。ギルバートは若干の面倒臭さを感じつつ、着替えを済ませていく。

シンプルな生成りのシャツに、特徴のないズボン。ベストを羽織り、足には動きやすい革のブーツを履く。それだけでどこにでもいる平民らしい服装になった。

鞘《さや》に布を巻いて装飾を隠したいつも使っている剣を腰に挿し、白金の腕輪には魔法をかけて少しくすんだ色にする。

ソフィアの指輪と揃いの耳飾りには藍晶石が付いているが、この程度の装飾品ならばあまり目立たないだろう。念のため位置をずらして右耳の上の方に移動させ、髪で石を隠した。

「その耳の、持ってくのか」

それまで黙っていたアーベルが、意外そうに言う。

ギルバートが僅かに首を傾げると、アーベルが左右に首を振った。

「いや、目立たないから構わないとは思うが。お前が私物を持ち込むのは珍しいだろう」

「これは……妻と揃いのものですので」

結婚指輪は指から外して、細い鎖で首から提げた。シャツの内側に入れてしまえば、外からは分からない。支給された少し皺のあるシンプルなハンカチを、ズボンのポケットに雑に押し込む。

「お前がそんなことを言うとは、感慨深いな」

アーベルはがしがしと頭を掻《か》いて、にかっと笑った。吊《つ》り上がっていた目尻が下がり、途端に親しみやすい印象になる。

「そうですか」

ギルバートは騎士服をハンガーに掛けて、その胸ポケットから丁寧に畳んだハンカチを取り出した。愛らしく清楚《せいそ》な花の刺繍は、ソフィアを連想させる。使うことはできないがお守りとして持ち歩くことにして、着ているシャツの胸ポケットに入れた。

ベストのボタンを掛けて、そっと隠す。

「それで、隊長は何をしにいらしたのですか」

ギルバートには、結局何もしていないアーベルの真意が分からない。

アーベルは一度嘆息してから、気安い仕草でギルバートの肩を叩いた。仕草に対し、全く加減のない力である。

「お前の見送りだよ！　皆には言ってないから俺だけで悪いが……お前のことだ。何も心配はしていないが、無茶だけはするなよ」

アーベルの真面目な表情に、ギルバートは改めて気を引き締める。無意識に、右手を左胸に当てた。そこには、ソフィアに貰ったハンカチがある。

「はい。——必ず、無事に帰ります」

国のために、フォルスター侯爵家の皆のために、任務を果たさなければならない。しかし誰よりソフィアのためには、ギルバートは我が身も大切にしなければならないのだ。

ギルバートはこれまでよりも大きな覚悟で、移動装置のある騎士団長の部屋へと向かった。


魔法を使って移動装置を起動させれば、あっという間に目的地に着く。ギルバートはエラトスの西隣にある友好国の大使館に移動した。そこから国境を越えることになる。

この緊張状態では、自国からエラトスに直接入国することはできない。

馬を借りて移動し、エラトスとの国境の側の街で返す。

人目を憚《はばか》った路地裏で、ギルバートは髪色を変えた。今はわざと魔法でくすませてある白金の腕輪が、控えめに光る。髪の毛を一本抜いて、確かにどこにでもいる濃茶の色になったことを確認した。

「——行くか」

肩紐《かたひも》を握り、関所に向かう。通過しようとする旅人や商人の列に混ざり、順番を待った。

「身分証を提示してください」

警戒が強まっているのか、通常よりも厳しく検査されているようだ。

ギルバートは首から提げていたタグを取り出した。それはエラトスの国民が旅に出るときに、国から支給されるものだ。自国民であることを証明するそれは、見せるだけでエラトス側へと関所を通過することができる。

ギルバートは緊張しつつも、態度に出さないようにそれを見せた。少し前に逮捕したエラトスの潜入者のタグを元に、騎士団で複製したものだ。

「おかえりなさい。どうぞ、お通りください」

役人はちらりと腰の剣を見て首を傾げたが、次の人に急かされ、何も言わずにギルバートをエラトスに入国させた。

ギルバートは役に立ったその道具を懐に仕舞う。

安堵《あんど》からほっと息を吐き、今日のうちに一番近くの街へと向かうことにした。賑《にぎ》やかな市場を抜けたところで乗合馬車を捕まえて、銅貨五枚を渡して乗り込む。林を抜けていけば、今日中に着くはずだ。

その街に入り、ギルバートはあまりの活気の無さに愕然《がくぜん》とした。

住民達はどこか元気が無く、それでも無邪気な子供の声だけが、夕暮れの中で場違いに呑気《のんき》に響いている。

ギルバートは近くにいた女に声をかけた。

「今夜の宿を探しているのだが」

主婦らしいその女はまじまじとギルバートの身なりを見てから、エプロンで両手を拭って笑う。

「旅の人？　この街の宿なら、今は一ヶ所しかないよ」

指をさして示したのは、他の家より大きな、しかしところどころの瓦が落ちた建物だ。今は、ということは、以前はもっとあったということだろう。

「そうか、ありがとう」

くるりと背を向けたギルバートの腕を、女が引き留めるように掴《つか》んだ。

驚いて振り返ったギルバートは、女の同情したような表情を不思議に思い、眉間に皺を寄せる。

「そんなに恐い顔しないでください。ただ、あの宿あんまり評判良くないから……」

女が掴んだ腕から、映像と音声が、そして女の思いが伝わってくる。

どうやら過去に何度か窃盗事件があったらしく、土地の人間は利用したがらないようだった。特に宿の主人には良い噂《うわさ》がないらしい。

更に、二か月ほど前からエラトス内で金属製の品が国によって集められており、剣を身につけているギルバートを特権階級の者であると疑っているのが分かった。金属は武器の材料だ。資源が少ない国では、戦時中には特に貴重だろう。

二か月前というと、エラトスの国王が病に倒れたという時期と重なる。

「忠告ありがとう、気を付けよう。ところで……この剣はそんなに珍しいか？」

できるだけ威圧的にならないよう意識しながら問いかけた。

女はギルバートの顔を見て、分かりやすく頬を染める。そこでやっとギルバートの腕を掴んでいたことを思い出したのか、慌てたようにぱっと手を離した。

「あ、いえっ！　国内では金属製の剣はほとんど軍に持っていかれてしまったので、もしやどちらかの偉い方かと……」

「いや、私は……最近こっちに帰ってきたのだ」

「そうでしたか。でしたらお気を付けください。今のご時世、金属は貴重ですので」

さっき伝わってきたことから、女が悪い人間でないことは分かった。ならば今、この女は純粋にギルバートを心配してくれているのだろう。

「ああ、気を付けよう」

ギルバートは今度こそ踵を返し、女が街で唯一だと言う宿へと向かった。

宿の主人に声をかけると、当然のように空室があったようで、愛想良く案内してくれた。

「どうぞ、こちらでございます」

主人はにこにこと笑いながら、ギルバートをまじまじと観察してくる。その目は、客を見るものにしては、妙にぎらぎらとしていた。

入口の扉を開けると、そこは適度に整えられた部屋だった。簡素な寝台と、机と椅子と、小さな箪《たん》笥《す》のみが置かれている。

「ありがとう、よろしく頼む」

「いえ。それでお客様、今回はどちらからいらっしゃったのですか？」

「旅の帰りだ」

「左様でございましたか。ちなみに――」

ギルバートはまだ話し続けようとした主人に強引にチップを握らせ黙らせて、部屋から出してすぐに内鍵を掛けた。

魔道具を使って無事に入国したことをマティアスに報告し、道中買ってきたパンを食べる。潜入が済めばもう少しまともな食事もできるだろうかなどと考えながら、シャワーを浴びて横になった。

一人で眠る寝台は冷たい。まして剣を抱いての夜ならば尚更だ。ギルバートは女の忠告を信じ、持ち物の中で最も金属を多く使っており、高価である剣を手元に置いた。万一のときに、剣の装飾から身分を疑われないようにするためでもある。

女の言っていた窃盗事件の話も気になっていた。もしも宿の主人が被害者ではなく犯人の一味だとしたら、ギルバートはきっと良いカモに見えたことだろう。

ギルバートは腕輪をつけたまま、また藍晶石が付いた耳飾りもしたまま、天井を見つめて深く嘆息した。

ソフィアは泣いていないだろうか。無事でいるだろうか。瞼を閉じて浮かぶのは最後に見た今朝の無防備な寝顔だった。自身が付けた所有の痕を思い出すと、どうにも居心地が悪くなる。

「ソフィア、すまない」

届かないのを知りながら、言わずにはいられなかった。

小鳥が囀《さえず》るような可憐《かれん》な声は、今は返ってこない。寂しさを感じたちょうどそのとき、偶然にも耳飾りが微《かす》かに熱を持った。ソフィアが魔道具を使ったのだろう。

その居場所が、侯爵邸の方向であることが分かる。離れているので方向しか分からないが、変わらず生活してくれているのだと安心した。

いつもならば眠るときは外している指輪を言いつけ通りつけたままでいてくれることを知り、ギルバートの強張っていた心が少し柔らかくなる。

ソフィアのことを想いながら、ギルバートは浅い眠りの中に落ちていった。

すっかり夜が更け、酒屋すら店仕舞いをし、数少ない街灯の明かりだけが街を照らす頃。

ギルバートは微かな人の気配を感じて目を覚ました。すぐに神経を研ぎ澄ませて探ると、どうやら扉の向こうに何人かいるようだ。

ギルバートは寝具を山にして人がいるように見せかけ、寝台から降りた。剣を腰に携え、その陰に隠れる。呼吸を殺して時を待った。

「――旅人だからと焦ったか？」

ギルバートが翌朝にはこの宿を出てしまうと思ったのだろう。余程困窮しているのだろうか。

鍵穴を弄《いじ》る音がする。

扉を開けて入ってきたのは三人。暗い室内を慣れた様子で移動している。

一人がクローゼットを漁《あさ》り始め、同時に残りの二人はギルバートが寝ているように見せかけた寝台へと向かった。三人ともが腰に剣を提げつつも手に丈夫そうな縄を持っているあたり、客の命を取るつもりはないのだろう。金のない宿で寝具を血で汚すことは許されないのかもしれない。

寝具を捲《めく》った男が声を上げた。

「おい、客がいないぞ！」

クローゼットに頭を突っ込んでいた男が動きを止める。

ギルバートは寝台の側にいた男二人を狙って飛び出した。相手が剣を構える前に、縄を持った男の鳩尾《みぞおち》に拳を叩き込む。奪った縄を背後に投げ捨て、剣の柄《つか》に右手を添える。

いつでも抜けるように構え、口を開いた。

「――他人の部屋に勝手に入るとは、どういう了見だ。ご主人」

クローゼットから顔を出した男が睨《にら》み付けてくる。その顔は、確かに先程ギルバートを部屋に案内した宿の主人だった。

「お客様が悪いのです。そのように高価な物をお持ちになるなど、盗《と》ってくれと仰《おつしや》っているようなものですよ」

確かに剣は高価な物だが、そうは見えないように鞘には布を巻き付けている。ただの剣にしか見えないはずだ。これが高価に見えるということは、金属そのものの値が高騰しているということだろう。

得られた新たな情報を脳内で整理して、ギルバートは表情を変えないままに頷いた。

「そうか。では気を付けよう」

ギルバートと落ち着き払った態度に、男達の方が先に焦《じ》れた。

「なぁ、親父《おやじ》。あの男、俺達で殺しても構わないか？」

にまりと片頬を吊り上げた男が、ギルバートから視線を外さないまま宿の主人に問いかける。

「殺すな、死体は面倒だ。生かしたまま森に捨て置けば、勝手に死ぬだろう」

ギルバートは自身の心が冷えていくのを感じていた。相手の力量も分からないまま、この男達は勝手に何を言っているのだろう。

宿の主人は一歩退《さ》がり、代わりに前に立ちはだかるように二人の男が剣を構える。

ギルバートは、すらりと剣を抜いた。室内で慣れない剣を使うことが悪手であると、男達は気付いていないのだろう。ギルバートとて剣を使いたくはなかったが、この場で魔法を使っては、後々面倒な事態になる可能性がある。解決するには、これが一番適切だ。

斬りかかってきた男の剣を受け、滑らせて衝撃を逃す。そのまま弾《はじ》き返してやると男は少し体勢を崩した。男の剣が、寝台の布団を裂く。

ギルバートはもう一人の男に向けて剣を突き付け、怯《ひる》んだところで剣を返し、その柄を男の右手の付け根に力一杯打ち付けた。

呻《うめ》き声と共に男の剣が床に落ちる。それを拾おうとした男を蹴り飛ばし、そのまま男の剣を背後に蹴った。壁に頭をぶつけたのか、男は意識を失って伸びている。

「この程度で私を殺すなどと言わないでもらいたい」

ギルバートがいつも受けている剣とは、重さも思いも違う。

田舎では腕は立つ方なのだろうが、自国アイオリアの近衛騎士団第二小隊の隊員達と比べるまでもなく、その剣はただ昂《たかぶ》る感情のままに振るわれている。

まだ剣を持っている男が、思いきり剣を横に振るった。ギルバートは上体を沈めてそれを避ける。結果、男の剣は壁に刺さり、抜けなくなってしまったようだ。力任せに引っ張る隙をついて、ギルバートは身体を翻して男の背後に回り込んだ。足を払い、倒れた男の首筋に手刀を入れる。

意識を失った男を蹴って部屋の端に寄せ、次の動きに備えて剣を一度鞘に収めた。

「お、お前……何者だ」

宿の主人が顔を青くして、一歩ずつ入口の扉へと下がっていく。

「ただの旅人だ。——私の物が奪われようとしていたのだから、それを防ぐのは当然だろう」

まるで一切の反撃も想定していなかったと言わんばかりの反応だ。剣を持っている男なのだから、剣を使えて当然だろうに。

ギルバートは今にも部屋から逃げ出そうとする主人を追い、手首を掴んでその動きを止めた。

「悪事を働いてきた自覚があるのか？」

「ひいっ」

力を入れると、主人は情けない声を上げて腰を抜かした。

ギルバートは反撃の意思が無いことを悟り、そのまま男の記憶へと意識を向けた。

やはり金属、特に純度の高いものは闇市で高値で売れるようで、宿の主人はここしばらく、そういった物を狙って盗みをしていたようだ。事情を知らない旅人は狙いやすかったようで、何人も被害に遭っていることが分かる。

また、過去の被害者は気付かず眠っていた者もいたが、多くは生きたまま森の奥に捨てられていたことも分かった。彼らが生きて帰ってくることができたかどうかは、知る由も無い。

「生憎《あいにく》、私は先を急ぐ。裁きは街の者達に任せよう」

ギルバートは抵抗する気力が失せている宿主を無表情のまま見下ろした。


朝日が昇る前に、ギルバートは街を発《た》った。

近くの街まではまた乗合馬車で向かうことにする。

今度は、なるべく剣が人の目に触れないよう気を払い、荷物で隠すようにした。

同じ頃、宿屋の前では、朝から騒ぎが起きていた。

宿の主人と二人の男が柱に縄で繋がれていたからだ。宿に泊まっていた人々も皆外へ出てきている。

その側には、これまでの窃盗と強盗の被害者に印が付けられた宿泊者名簿と、盗品の出入りを記した裏帳簿。そして、地面に書かれた短いメッセージが残されていた。

望む裁きを、とだけ書かれた言葉に、それを見た女が周囲を見回し、昨夜話した男を探す。しかし異様に見目の良いその旅人は、人混みの中からは見つからなかった。

◇　◇　◇

ソフィアは手元に広げた書類を一度端に寄せ、カリーナが淹《い》れてくれた紅茶を一口飲んだ。少し冷めた紅茶が、張り詰めていた気持ちを僅かに和らげてくれる。

ギルバートが任務で留守にしている間、ソフィアは領地経営の勉強と見直しに精を出していた。

安定した経営で問題の少ないフォルスター侯爵領の中でも、最近併合した旧レーニシュ男爵領はかつての領主の悪政もあり、まだ問題が多い。

ソフィアはエルヴィン達が派遣してくれた侯爵家の家令の指導の下、減税の効果検証と次の政策を検討していた。根を詰めているソフィアをカリーナが心配し、世話を焼いてくれている。

「――ありがとう。やっぱりカリーナの淹れてくれた紅茶は、落ち着くわ」

少しずつ貴族令嬢らしい言葉にも慣れてきた。これまで着ていたものよりずっと高価なワンピースやドレスを着るのも、ひと月も同じ生活をしていれば慣れてくる。

しかしギルバートとこんなにも離れているのは、初めてだった。

無意識に溜息《ためいき》を吐《つ》いて、椅子の背凭《せもた》れに身体を預ける。

「ソフィア、もう少しゆっくり過ごしても良いんじゃない？　ここ数日、ずっとそうしてるわよ」

どこか呆れたように、そして心配したように言うカリーナに、ソフィアは曖昧に微笑んで返す。

ソフィアも無理をしていることは分かっていた。しかし弱い自分に押し潰されないように、前を向いた振りを続けるためには、何かを考えているのが一番都合が良かったのだ。

「そう、だけど……」

ソフィアは言葉を濁す。

ギルバートのことを考える余裕が、今は欲しくない。夜になれば嫌でも襲ってくる不安と寂しさ、恋しさを、侯爵邸の皆に気付かれたくなかった。

ソフィアはギルバートの妻として、ギルバートを誰より信じていなければならない。たとえその任務が、きっと危険なものだとしても。

「いいからっ！　せっかくだし、お菓子も持ってくるわね。ちょっと待ってて」

カリーナが勢い良く部屋から出て行く。厨房《ちゅうぼう》に向かったのだろう。

ソフィアは持ったままだったペンをトレイの上に置き、ゆっくりと目を閉じた。目頭にぴりぴりと引き攣《つ》ったような感覚がする。ずっと神経を張っていたからだろうか。

日の光を透かした瞼の裏に思い浮かぶのは、ギルバートの全てを見通すように澄んだ藍色の瞳だ。

ソフィアはまたぎゅっと会いたい気持ちを押し殺す。今は側には無い温もりを求めるように、身体を起こして机の上の魔道具に触れた。

しばらくして戻ってきたカリーナは何故か手ぶらだった。それどころか、少し慌てたようでもある。

どうしたのかと首を傾げたソフィアに、カリーナは僅かに頬を染めて言った。

「ケヴィンが、ソフィアを訪ねて来てるの」

「――え？」

ソフィアはその名前に驚いた。

かつて一度、共に旅をしたことがある近衛騎士の一人だ。そのときはギルバートと、トビアスも一緒だった。レーニシュ男爵領の不正を暴き、ソフィアの両親の死の理由を探したあの旅は、忘れられるものではない。

「どうしたのかしら」

「ね。でも、私が聞いても真面目な顔で、答えてくれないのよ。どうする、ソフィア？」

「どうするって言われても……いらしているのだから、お会いするしかないわ」

ソフィアは少し慌てて立ち上がる。

返事を聞いたカリーナも、すぐに奥のクローゼットへと駆けた。

今のソフィアは、来客に会う服装ではない。知り合いとはいえフォルスター侯爵の妻として、最低限身なりを整えなければならなかった。

「ソフィア、これに着替えるわよ！　もう、来るなら先触れくらい出せって言ってやるわ！」

カリーナは次々に衣装の小物を揃えながら、少し怒ったように言う。

ソフィアは苦笑いをして、行儀は良くないと知りながら残った紅茶を一気に飲み干した。

「まあ、何かあったのかもしれないし……何も無いと良いのだけれど」

ギルバートと同じ第二小隊のケヴィンが訪ねてくる理由など、ソフィアには思い当たらない。まして今、ギルバートは不在なのだ。

ソフィアは着ていたスカートとブラウスを自分で脱いで、カリーナの用意した下着を身につける。

着せられた藍色のワンピースドレスは、貴婦人を思わせる、首元の詰まったデザインだった。上品な仕立てであり、同時にまだ消えないままのギルバートの証を隠すこともできる。

「あまり悪く考えることはないわ。何せケヴィンだもの。どうせまた、いつものお節介よ」

「そうかな？」

カリーナはソフィアを安心させるようにからりと笑って、まだ薄く残る赤い痕を隠すように、首元に揃いの藍色のリボンを結んだ。それから鏡台の前に移動すると、ほつれないよう簡単に結わえていたソフィアの髪を解いて梳《と》かしていく。ゆったりとシニョンに纏《まと》めた髪は、以前ギルバートから貰った銀の髪飾りで留められた。

「そうよ。それにほら、ドレスも髪飾りもギルバート様の色よ」

ソフィアは言われて鏡の中の自分を見つめる。藍色のドレスと銀の髪飾り。それは無言のうちに何かを主張しているようでもあった。

思わず振り向くと、カリーナは戯《おど》けてソフィアの肩を軽く叩く。

「良いじゃない。旦那様の留守の間に他の男性をもてなすんだから、このくらいアピールしたってバチは当たらないわ」

「それは、そう、かもしれないけど……っ！」

しかしこれは恥ずかしい。ソフィアがやはり服を変えてもらおうかと頭を抱えていると、カリーナが一転して拗《す》ねたような声を出した。

「それにね、ソフィア。——ごめんなさい。実は私、ちょっとだけ不安なの。……ケヴィンが私のこと、どう思ってるか分からなくて」

つまりこれは、ソフィアに対しての嫉妬でもあるのだろうか。

勿論カリーナが心配などする余地もなく、ソフィアとケヴィンの間には何もないと言い切れる。しかし乙女心は複雑だ。

ソフィアは少し微笑ましい気持ちになって、大きく頷いた。

「カリーナも同席してね」

ソフィアは久しぶりに、自然な笑顔で言った。

顔を赤くしたカリーナが、咄嗟《とっさ》に何かを言い返そうと口を開く。しかし言葉になることはなく、扉が数回叩かれる音で遮られた。侍女が、扉の向こうから声をかけてくる。

「奥様、お支度はいかがでしょうか」

「ええ、すぐに参ります」

随分待たせてしまっただろうか。

ソフィアはカリーナと顔を見合わせ、部屋を出て階下の応接間へと向かった。

応接間では、ケヴィンがソファに座って待っていた。

「やっほー、ソフィア嬢。久しぶり、僕のこと覚えてます？」

ソフィアが来訪の挨拶をするより早く、ケヴィンは片手を持ち上げて笑う。その人懐こい笑顔は、以前会ったときから変わっていない。

「ケヴィンさん、お久しぶりです」

ソフィアは軽く微笑んで、向かい側のソファに腰掛けた。

紅茶と菓子をそれぞれの前に置いたカリーナが、ソフィアの少し後ろに控える。そのどこか警戒しているような姿にケヴィンは苦笑を漏らした。

「大丈夫だよ、カリーナちゃん。貴女《あなた》の心配するようなことじゃなくて……ああ、違うよ。ただ僕が確認したかっただけなんだ」

「──ケヴィン様。今は奥様とお話しされているはずでございますが」

カリーナがつんと澄ました表情で、しかしどこか拗ねたように言った。

ソフィアは二人の様子を見て嬉しくなった。ケヴィンが確かにカリーナを想っていることが確信できたからだ。カリーナのささやかな嫉妬も、無意味なものだったということだろう。

「良いのよ、カリーナ。では、どのようなご用件でしょうか」

心配するようなことではないと言うのだから、ギルバートの身に何かがあったというわけでもないだろう。

ケヴィンが表情を引き締め、両手を膝の上に置いた。

「本当に僕の興味からのことなんですけど。副隊長がこの邸を出た日を教えてほしいんです」

「どうして……そんなことを。ご存知です、よね？」

ケヴィンはギルバートと同じ小隊に属している。知らないはずがないとソフィアは思った。

「それが、魔法騎士の任務は一般の騎士には伝えられないことが多いんです」

「でしたら、私の口からもお伝えしかねます。ごめんなさい」

目を伏せたソフィアに、ケヴィンは小さく嘆息した。

嘘《うそ》のようには見えないその落ち込んだ様子に、ソフィアは首を傾げる。

ケヴィンは気付いてすぐに笑顔でその場を取り繕った。

「ですよね、……分かってるんです」

「何かあるのですか？」

「――副隊長はいつもご自分のことを僕達には話しません。それは任務についても、それ以外も……僕だって、心配してるんです。今回は話してくれると思ったのに、また何も言わずに」

「それは」

ソフィアに対しても同じだ。心配をさせたくないのだろうということは、一緒に暮らしていてやっと分かったことだった。共に働いているのなら、距離を置かれていると感じるかもしれない。

「すみません。ソフィア嬢に言うことでもないですよね」

「いいえ……あの方は、お仕事でもそうなのですね。ケヴィンさん、ギルバート様はただ、あまりご自分を気になさらないのだと思います」

任務のための情報規制もあるのだろうが、それだけではないだろう。

ケヴィンは無言のまま、ソフィアの手元をじっと見つめていた。

ソフィアは会話の間が気になって、可愛らしく盛り付けられた菓子を一つ口に運ぶ。追いかけるように紅茶を飲むと、甘さの余韻と混ざり合って小さな安心を運んできてくれた。

「――ソフィア嬢は、強いですね。いや、強くなった……のか」

誰に聞かせるつもりでもないように、ケヴィンがぽつりと呟《つぶや》いた。

「いいえ。私は、強がっているだけです。格好付けていないと、寂しくて仕方がないんですよ」

微笑んだつもりだが、上手《うま》くできていただろうか。

カリーナがぴくりと身体を揺らしたのが気配で分かる。しかし今、ソフィアはケヴィン相手に嘘を吐く気にはならなかった。

◇　◇　◇

ケヴィンはしばらくしてからフォルスター侯爵邸を辞した。

少し離れてから振り返ると、重厚な美しさを持つその建物は貴族街の中でも特に存在感がある。

ギルバートが任務のために多忙になってから、カリーナはあまりソフィアの側を離れなくなった。

ほぼ一週間、ケヴィンはカリーナと会えていなかったのだ。

ならばソフィアはもっと落ち込んでいるのかと思い様子を見に行ってみれば、ケヴィンが予想していたよりはしっかりとしているように見えた。

「友人、か――」

以前自分の言った言葉が胸に刺さる。

カリーナにとってソフィアは主人である前に大切な友人で、それは他の何にも代え難いものなのだろう。ケヴィンがその穴を埋めることはできないし、ギルバートにとってのそのような存在になることもできない。

ギルバートには謎が多く、自身も彼と肩を並べられるだけのものは持っていない。

どこか埋まらない虚無感に、帰路を急ごうと前を向いた。

今日分かったことは、ギルバートはきっと本来の魔法騎士の出立とは異なる日に戦地に向かっているであろうことと、カリーナはまだしばらくケヴィンの誘いを受けてはくれないということだ。

ソフィアがはっきり言うことはなかったが、おそらくギルバートは特殊な任務に関わっているのだろう。予想していたことで、知ったからといって何ができるわけでもない。

「今日行った意味って、あったのか……？」

貴重な休日だが、得るものはなかった。

ケヴィンは日の傾いた空を視界の端に映しながらやさぐれる。

カリーナの顔が見られただけで、良しとしようか。

答えの出ないことをあれこれ考えながら歩いていると、不意に背後から名前を呼ばれているような気がした。ケヴィンは気のせいだと自分に言い聞かせる。カリーナのことを考えていたから、ついに幻聴に襲われたのかもしれない。

そんなにも恋しいのならば愛の告白でも何でもして、さっさと自分のものにしてしまえば良い。

ケヴィンの生家は一応貴族だ。三男のケヴィンには普段はあまり関係のないことだが、とはいえカリーナを飢えさせることはない程度の相続分はある。

彼女から好かれている自覚も自信もある。家族から反対されることもないだろう。

しかしそれはカリーナとソフィアを引き離すことになるのだということも、ケヴィンは分かっていた。そしてまた、想いは言葉にならないままに、今も血と共に体内をぐるぐると巡っている。

「――ケヴィン、いい加減振り向きなさいよっ！」

幻聴だと思っていたものは、どうやらそうではなかったらしい。

硬い何かが飛んできて、背中にぶつかった。突然の痛みに驚いて振り向くと、足元に転がっているのはいくらか大きさのある紙袋。咄嗟にそれを拾ってみると、中身はパンのようだ。

それよりも今駆け寄ってきて、目の前で呼吸を乱しているのは。

「カ、カリーナ!?」

膝に手をついて、肩で息をしているカリーナは、走って追いかけてきたせいか、顔が真っ赤になっていた。

ストールで隠してはいるが見慣れない制服はどこか禁欲的で、反して解れて首に掛かる一筋の髪が妙に艶《なま》めかしい。

「これっ、ソフィアが、あんたに渡してほしいって……！　聞こえてたでしょ、さっさと振り向きなさいよっ」

「あ、いや、その。ご、ごめん」

顔を上げたカリーナが、ケヴィンを睨《ね》め付ける。

その両目に自身だけが映っていることで、ケヴィンの心の中のグラスはあっという間に満たされていった。

「――まあ良いけど。ソフィアが気を遣ってくれて、あんたと夜ご飯食べてきなさいって。予定無いなら行くけど。ついでに、今日何のために来たのかも、ちゃんと教えなさいよ!?」

ふいと視線を逸らす仕草がいじらしく、可愛らしい。

ああ、きっとどうあっても、このたった一人にケヴィンはずっと敵《かな》わないだろう。

ケヴィンは右手で髪を雑に掻きながら頷いた。先程投げつけられたパンを右手に持ち、左手を伸ばしてカリーナの手を握る。歩くスピードを落として、その手を引いた。

食事に行くレストランを考えながら、ソフィアのことを一番大切に思っているカリーナを、自分が一番大切に想おうと、改めて強く誓った。

◇◇◇

帰っていったケヴィンを、土産《みやげ》にパンを渡すという理由をつけてカリーナに追わせた。

ソフィアは一人自室に戻り、着替えを済ませる。楽な服に着替えてソファに腰掛けると、張っていた気が緩むのが分かった。

侍女は退がらせており、室内には一人きりだ。寂しい分、取り繕わなくても良い安心感があった。

カリーナとケヴィンが想い合っていることは、様子を見ていれば分かった。

何か理由があるのだろうが、なかなかくっ付かない二人にソフィアもやきもきしてしたことは否定できない。

「ちょっとわざとらしかったかしら……」

ソフィアは苦笑して背凭れに上半身を預けた。

目の前には果実水が置いてある。氷の入っているそれは、コースターの上で汗をかいていた。

手に取って一口飲むと、きんと冷えた液体がソフィアの中のもやもやとした感情を少し取り払ってくれるような気がする。意識してゆっくりと呼吸をしながら、もう一口、それを飲む。

どこかギルバートの香水を思わせる香りが、ソフィアの心を軽くしていく。

「――奥様、いらっしゃいますか」

問いかけの体でありながらも確信のある呼び声が、ノックと共にかけられた。応接間が片付いた頃だろうか。

カリーナと同じくらい毎日聞いている声に、ソフィアは少し姿勢を正す。

「はい、何でしょうか？」

「少々失礼致します」

扉を開けて入室してきたハンスは、手にいくらか厚みのある書類を抱えていた。

「それは、先日お願いした……？」

思わず身を乗り出すと、ハンスは苦笑して歩み寄ってきて、テーブルの上に書類を分けて置いた。

柔らかく紳士的な笑顔は、どこか子供に向けられるそれと似ている。

「そうです。奥様が旦那様とご一緒にお出しくださった案を元にして、旧レーニシュ男爵領の情報を整理し直しました。――これでしたら、そろそろ次の施策に移ってもよろしいかと」

それは旧レーニシュ男爵領の領政の効果についてまとめた書類だ。減税を実施してからもうすぐ半年が経《た》つ。少しずつ活気が戻ってきていることは聞いていたが、分かりやすく数字になるとやはり嬉しい。

「ありがとうございます、ハンスさん。ええと、次は――」

テーブルの上を漁って、目当ての書類を探し出した。

ギルバートと共に旧レーニシュ男爵領の領政改善のための打ち手を考え、検討したものだ。大きく丸を付けられたいくつかの項目からそれを見つけて、ソフィアは思わず目を閉じた。

――カルナ豆の流通による交易の活性化。

それはソフィアの父親がかつてレーニシュ男爵であった頃から、検討されていたものだ。

ギルバートの整った筆跡で書かれた文字が、余計にソフィアの心を乱す。

「カルナ豆の栽培方法の取り纏め、でございますね」

そう、交易のために栽培方法を取り纏め、生産技術を確立させるのだ。何人かの研究者も投入し、特産とするだけの価値を生み出そうとギルバートは言っていた。

目を開けたソフィアの前には、気遣わしげな表情のハンスがいる。小さく首を左右に振った。

「それで進めてください。あ……でも、今は世情が不安定でしょうか」

エラトスとの戦が始まって一週間程、世間はその噂で持ちきりだ。

今回はこれまで以上に、エラトスから亡命を求める者が多くいるようだった。

国境付近の森では急遽《きゅうきょ》アイオリアの軍が一時滞在場所としてテントを提供しているらしい。今後の受け入れの可否で議会は揉《も》めていて、その判断のために王太子であるマティアスが情報を集めていると、新聞では報じられていた。

「あの辺りはエラトスとは逆の方向でしょう。念のために研究者の道中には護衛をつけますので、ご安心ください」

「分かりました。ではそれで……お願いします」

ギルバートがいれば、この進歩を共に喜ぶことができただろうか。

これまで騎士の仕事のため、領政にあまり関わりのなかったギルバートが、ソフィアと共に学び、考えてくれていたのだ。忙しい中に作られたその時間が、どれだけ貴重だったかをまざまざと思い知らされる。

「奥様」

ハンスがソフィアの手から書類を受け取り、テーブルの上に戻した。

「旦那様がお戻りになるの、楽しみですね」

ハンスは意図的に明るく言ってくれたのだろう。

ソフィアが隠そうとしていても、近くにいるハンスやカリーナには当然に消沈していることは気付かれているのだ。

「はい、そう……ですね。きっと、喜んでくださると思います」

一礼して出て行くハンスを見送り、ソフィアは手元の果実水に目を向ける。

コースターには水が溜《た》まっていて、グラスの氷はほとんど溶けていた。それでも何故か残したくなくて、少しずつゆっくりと飲み干していく。

空になったグラスの底には、香り付けの小さなミントの葉が一枚残された。

3章　黒騎士様は真実に近付く

「――そうでしたか、ありがとうございます」

　ギルバートはエラトスの王都で宝石商を営んでいる男と取引をしていた。

　約束の宝石を受け取り、代わりに金貨を渡す。恋人への贈り物を悩んでいる振りをすれば、男は簡単に心を許してくれた。

　大粒のルビーが付いたネックレスの台座はあまり丁寧な加工ではなく勿体《もったい》なくも感じたが、これでも王族御用達《ごようたし》の宝石商だそうだ。石の価値自体は確かなものだった。

　数日掛けて男との商談を終えたギルバートは、そのネックレスを懐に入れた。満足げな表情をして右手を差し出す。男はすぐに笑みを浮かべ、右手を重ねた。

「きっと恋人も喜んでくれると思います。何せ、王子様もご購入された宝石なのですから。さすがの評判です」

　下手に出てプライドを刺激してやると、男は口角を上げた。握手の手は離れることがない。

　ギルバートは誘導したことで男から王子の情報を引き出そうと、意識を男の脳内に向ける。

「いやぁ、そんなことありませんよ。最近はどこも不景気ですので」

　誘導を受け、男は前回王子と話をしたときのことを思い出したのだろう。自尊心が高く単純なほど、より都合良く情報を引き出しやすい。お陰でギルバートは案外楽に知りたい情報を手に入れることができそうだ。

　ギルバートは男の思考の中に意識を向けた。

男が宝石を売っていたのは、エラトスの第二王子であるヘルムートの方らしい。

装飾が派手過ぎるようにも見える、王城の一室。高価な宝石ばかり並べた箱を見せる男に、ヘルムートは相好を崩している。

宝石を買った場には何人かの女がいたようだ。色香を使って装飾品をねだる女達に、ヘルムートが好きに選べと笑って言う。街の様子とは対照的に、華やかな雰囲気だった。

甘えてくる女達に鼻の下を伸ばしながら、ヘルムートも宝石を選んでいる。

「本当にありがとうございました。私も、もう田舎に帰ることにします」

男は礼を言って離れようとしたギルバートの手を離さないまま、いかにも秘密の話をするように耳に顔を寄せた。

「そうしなさい。――ここだけの話だが、この辺りにはあまり長くいない方が良いよ。戦争は始まったばかりだが、うちが勝てるはずもないんだ。せめてコンラート様が指揮していれば違っただろうが……王都はすぐに影響を受けるからね。いや、コンラート様だったらそもそも戦を始めていないか」

ギルバートは男の言葉に目を見張った。田舎から恋人に贈る宝石を買いに王都に来たことにしているギルバートへの、優しい忠告だ。

しかし第二王子に宝石を売りつけておいて、なかなかの物言いだ。

言葉と共に男から流れ込んできた感情は、失望だった。

王城で商売をしたのは、エラトスの王族と政治の今を垣間見《かいまみ》ようというつもりもあったらしい。王城でふんぞり返り享楽的に過ごすヘルムートに対し、働いている者達は余裕なさげに見えた。

男は、しばらくしたらこの王都から出て行く心積もりのようだ。

「はい、そうします」

ギルバートは一礼して手を離した。

これまでにギルバートが調べた情報によると、エラトスでは病床の国王に代わり戦好きの第二王子ヘルムートが政務を行っているようだった。アイオリアに戦争を仕掛けたきっかけもヘルムートだ。まだ若いとはいえ、戦と女が好きとはどうにも救えない王子だと、ギルバートは思う。

第一王子のコンラートがどうしているのかについては、追加で調査が必要だろう。

次の方針は決まった。ギルバートは踵《きびす》を返し、宿に戻ることにする。

宿に戻って、まずマティアスに連絡をしよう。その後、折を見てエラトス王城内部に潜入する必要がある。コンラートについてもより深く調べて、その人物いかんによっては担ぎ出したい。

戻った自室で扉に鍵を掛けたギルバートは、ルビーのネックレスを放るように机に転がした。通信用の魔道具を引っ張り出し、起動させる。

ただの金属製の板のような見た目をしたそれは、魔力を流せば起動する。文字を書いて魔法を使うことで、対になる同じ魔道具にその内容を伝えることができるものだ。

ギルバートはペンを持ち、迷い無く文字を書き連ねていった。

◇◇◇

マティアスが執務室で書類に目を走らせていると、机の端に置いていた魔道具が光った。

すぐに手元に白い紙を用意し、その金属製の箱のような魔道具に触れる。浮かび上がってきた文字は、ギルバートの筆跡だ。紙に書き写しながら、その内容に目を走らせていく。

「――はは、ギルバート。さすがだな」

マティアスはその内容に思わず乾いた笑い声を上げた。

ギルバートがエラトスに潜入してからまだ二週間程だ。しかしこの情報は、きっと近衛騎士団長だけでなく国王すらも満足させられるものだろう。

書き写し終えたマティアスは、ギルバートへの連絡を返す。引き続きの任務の遂行依頼と現在の戦況を細かな文字で書きつけた。

「アーベルも見るといい。ギルバートからだ」

マティアスは書き写した紙を、護衛の任に就いていたアーベルに渡す。

アーベルはすぐに受け取り、目を通した。

「――第一王子は政務をしていないのですね。国王は先の戦で懲りているだろうと思っておりましたが、第二王子が原因でしたか」

エラトス国王が病床に臥《ふ》してから第一王子のコンラートを見ていないという話もあると書かれており、第二王子との確執から政権争いに発展した可能性もあるようだ。マティアスの記憶が正しければコンラートは今年三十歳、ヘルムートとは四歳差の兄弟だ。仲が悪ければ、争いの火種にもなるだろう。

「あそこの第二王子はヘルムートというんだが、歳は近くても、私はあまり友人にはなりたくない王子だったな。――国際交流の夜会で他国の姫君を何人も口説いていてね。国王に叱られていた」

マティアスは顔を顰《しか》めながら、ギルバートへの返事に第二王子ヘルムートについてマティアスが知る情報と、改めて無茶はしないようにと念を押して書く。

「それは……なかなか癖の強い王子様ですね」

「ああ。コンラート殿の情報が無いのが心配だが、もし息災であればどうしているかな」

エラトスの第一王子コンラートは、派手ではないが話しやすい人物だった記憶がある。少なくとも今の国王より第二王子より、こちらに友好的であったことは確かだ。

しかし国王が崩御したわけでもないのに第二王子の指揮で戦争を始めるなどとは、マティアスも予測していなかった。

マティアスはアーベルの返してきた紙に自身のサインを書き足し、丸めて紐《ひも》で丁寧に縛った。

「——父上に報告する。同行を頼むよ、アーベル」

マティアスはアーベルに声をかけて立ち上がった。

廊下に出ればいつもより忙《せわ》しなく人の行き交う廊下は、マティアスの気持ちも落ち着かなくさせる。

辿《たど》り着いた国王の執務室の前で、深呼吸をして扉を叩《たた》いた。

◇　◇　◇

さらに数日後、ギルバートはエラトスの王城に潜入をしていた。

たとえそこが警備の厳しい王城内であれ、潜入できる職業はある。丁度良く民衆も国王の病と戦争と、立て続けに起こっている問題によって王城での勤務を敬遠していたようだ。離職者もいたのだろう。直接採用から出入りの業者まで、多くの求人が出ていた。

いくつかの候補からギルバートが選んだのは、王城雇いの正規の職員ではなく、郵便を業とする民間業者だ。何より、王城内の郵便配達担当という、ギルバートの能力を使えば情報を得やすい職であることが選んだ一番の理由だった。

ギルバートは正規の方法で手に入れた郵便配達の身分証を首から提げ、手紙の束を配りながら王城内を歩き回っていた。警備の厳重な場所や機密を扱う場所には立ち入れないが、人と知り合い情報を集めるには充分な仕事だ。

「おっ、ジル。お疲れ」

片手を上げて声をかけてきたのは、潜入を始めて最初に知り合った外務の若手の男だ。あまり高位の役人ではないが、この場合は高位である必要もない。情報の裏付けなどいくらでもできる。人目を憚《はばか》れば、ギルバートには魔法で手紙の中を読むことなど容易《たやす》いのだ。

ギルバートは人懐こく見える笑顔で挨拶をした。

「お疲れ様です、カミルさん」

「お前は本当に真面目だな。多少サボっても誰も文句言わねぇと思うけど」

「そうですか？　俺まだ始めたばっかりで詳しくなくて」

懐に入るのにギルバートの性格は固過ぎる。これまではそれでも問題のない場所にだけ潜入していたのだが、ソフィアとの関わりの中で表情が柔らかくなったと言われることが増えたギルバートは、性格を演じて情報を引き出すことにした。

参考にしたのはケヴィンだ。ギルバートの側《そば》にいる人間の中で最も他人の懐に入るのが上手《うま》いのは、きっとケヴィンだと思ってのことだ。

エラトス中央部の気候に合わせて肌の色を少し変えると、ギルバートは予想以上に周囲によく馴染《なじ》んだ。濃茶の髪と相まって、見た目だけでは正体など気付かれようもない。

「ああそうだ。お前、明日は休みか？　今夜一杯どうだ」

「え、良いんですか。ご馳走《ちそう》様です、カミルさん」

「いや、まだ奢《おご》るって言ってねぇし」

カミル自身は付き合いやすい良い男だ。

しかしギルバートも、利用することに罪悪感を感じるほど柔な仕事はしてきていない。

「――ほら、殿下の一件以来うちもぴりぴりしててよ。酒でも飲まなきゃやってらんねぇんだよ」

「ああ、あの……困りますよね。お仕事お疲れ様です」

潜入してすぐに分かったことだが、勢力争いをしている貴族達はさておき、城内で実務を担っている役人達には、現在の第二王子ヘルムートの専横に対して批判的な意見が多いということだ。

カミルの言う殿下の一件とは、そうなる原因となった王族の不祥事のことを指す。

それを知ってすぐ、ギルバートはマティアスに連絡を入れていた。

「お前はあちこち顔出すんだから、巻き込まれないようにな。じゃ、今夜梟《ふくろう》酒場で」

離れていく後ろ姿を見送り、ギルバートは小さく嘆息する。

へらへら笑って会話する自身を馬鹿らしいとも思うが、これが意外と都合が良い。唯一の問題点は、魔法を使うより剣を使うより余計に疲れることだろうか。

ギルバートは気を取り直して次の部署へと向かった。

居酒屋は馬鹿にできない。噂《うわさ》話の中に重要な情報が紛れていることは稀《まれ》ではないのだ。手紙の束を少しずつ減らしながら、ギルバートは口角を上げた。

梟酒場は、エラトスの王都の中でも王城からいくらか離れた場所にある居酒屋だ。その立地のお陰で高位の役人はあまり利用しないため、若手には羽を伸ばす良い場所となっている。

ギルバートが着いた時には、混雑し始めた店内でカミルが先に席に座って酒を頼んでいた。

「おう、お疲れ。ジルは何飲む？」

すぐに寄ってきた店員に対し、ギルバートは同じ物をと頼んで返す。

「待たせましたか？」

カミルの向かい側の椅子に腰掛けて問いかけた。

「いや、そうでもないさ。残業か？」

「役人は無茶が多くて困りますよ」

苦笑してみせると、カミルもまた苦笑で返す。

「その役人もまた、誰かの無茶の被害者ってな」

「違いないですね」

揃《そろ》ったグラスを音を立てて重ね、一気に半分近く呷《あお》った。琥珀《こはく》色の酒はあまり強くなく、甘さも控えめだ。思わず漏れた溜息《ためいき》に、カミルは笑う。

「お前も疲れてんなあ。なんだ、田舎から出てきたと聞いてたが、気になることでもあるのか？」

「家の都合で王都に来ることになりまして。……仕方なく置いてきたんですよ」

「お、これか？」

にやけて小指を立てて示したカミルに、ギルバートは僅かに顔を顰めた。間違ってはいないが、ソフィアのこととなるとどうしても過敏になる。

「はは、そんな顔すんなよ。そりゃ、お前みたいな男の相手は気になるけど、別に取ったりしねぇよ」

「――俺、どんな顔してました？」

「ん？　いや、すげぇ嫌そうだったぜ。好きなんだな、その子のこと」

カミルは店員を呼び、追加で料理を何品か注文した。ギルバートの返事を待ち、こちらに目を向けながら酒を飲む。

「はい。たった一人の、大事な妻ですよ」

ギルバートは微笑《ほほえ》みを浮かべて言う。自然に笑うのは久しぶりなようで、会えない今はどこか寂しい。

感傷に浸るギルバートの前で、カミルが動きを止めた。

不思議に思ってその表情を窺《うかが》うと、ぽかんと口を開けている。目が合った瞬間、カミルは時間が動き出したかのようにテーブルを叩いて身を乗り出した。

「……は、妻!?　なに、お前。既婚者だったの！」

「言ってませんでしたか」

「聞いてねえよ……」

「結婚してますよ、俺。言いふらすことでもないので黙ってますが。妻が田舎にいるので、本当は全部片付けてさっさと帰りたいんです」

戯《おど》けて言ってみせ、酒を一口飲んだ。

「そうかー、良いねえ良いねえ。早くジルの家の問題が片付くといいな」

それからカミルは酒が進んだようで、ご機嫌でギルバートの妻について詳しく聞きたがった。ギルバートは向けられる質問に少しだけ本当のことを混ぜながら答えていく。

しかし思い出すソフィアの姿はありありと鮮やかで、愛《いと》おしかった。

そして、事件が起きたのはカミルがすっかり酔っ払って、控えめに飲んでいたギルバートが周囲の客からも情報を集めようと思った頃だった。

「――お前、何言ってんだ！」

がたんと鳴る音と怒鳴り声、何かが割れる音。そして小さな悲鳴。

唐突な破壊音とも呼べる騒音に、ギルバートは反射的に腰を上げ、マントの下に隠し持っていた短剣に手を掛けた。

少し離れた席に、何人かで飲んでいる男達がいる。その中の一人が別の一人の胸ぐらに掴《つか》みかかっているようだ。テーブルの上にあったらしき料理の皿やグラスが割れ、床に散らばっている。

どちらもかなり酔っているように見えた。

ギルバートは視界の端に男達を捉えたまま、椅子に座り直した。ただの揉《も》め事ならば関わるつもりはないが、万一があってはいけないと、短剣から手を離さないままにしておく。

「お前だってそう思ってんだろう。俺はもうあんな仕事ごめんなんだよ！」

「だからって辞めるなんて、下手なこと言うもんじゃない。死にたいのか？」

「だけどよぉ！　あんなの……あんなの、嘘《うそ》だって分かってるだろ……」

語調を落とした男が、胸ぐらを掴まれたままがくりと椅子に座った。もう一人の男も、力が抜けたようにぽとりと手を落とす。

周囲の男達は、どうしていいか分からない様子で無言のまま二人を見ていた。

「――ジル。あいつら……俺の知り合いだわ」

それまで目線の定まっていなかったカミルが、男達を見て呟《つぶや》いた。

ギルバートは驚きに目を見開き、カミルに続きを促すように目を向けた。

「あれ、騎士団の下っ端なんだ。俺の同期も混ざってるから分かる。ったく、あいつら何してんだよ」

騎士団の下っ端ということは、あの男達もまた王城の敷地内で仕事をしているということだろう。それならば、辞めたいと口にすることが死に直結するかもしれない状況とは、一体どういうわけだ。

途端にギルバートは男達が気になった。詳しく探りたいが、ギルバートがこれ以上カミルに尋ねるのも近付くのもおかしいだろう。どうにかして彼等に接触できないだろうか。

ギルバートが言い訳を考えていると、ふいにカミルが立ち上がった。

「カミルさん？」

呼びかけてみたが、酔っているカミルには聞こえていないようだ。ふらふらと覚束無《おぼつかな》い足取りで、男達の方へと歩いていく。

ギルバートも、カミルを制止するふりをして男達に近付いた。

「お前ら、飲み過ぎだ。ちょっと落ち着けよ。――辞めるとか死ぬとか、滅多なこと言うもんじゃねえよ」

酔いは醒めたのだろうか。思っていたよりも、しっかりとした口調だった。

ギルバートもすぐに追いつき、そっと様子を窺う。

「だってよぉ。俺はもう我慢ならないんだ。殿下が──」

「おい！」

男を強い言葉で止めたのは、先程胸ぐらを掴んでいた男だった。

ギルバートは不審に思う。何故《なぜ》騎士団の下っ端の男の退職理由に、王族が関わってくるのだ。それほどまでにヘルムートは無茶をしているのか、それとも。

「お前ら、いい加減にしとけよ。一体どうしたっていうんだ」

制止しようとして手を伸ばしたカミルが、ふらりとバランスを崩した。酔いは醒めたのだと思っていたが、急に動いてかえって回ってしまったのかもしれない。

ギルバートは倒れていく身体《からだ》を支えるため、慌てて腕を伸ばした。

先程まで辞めたいと言っていた男も立ち上がり、手を伸ばす。その手がカミルの身体の下で、ギルバートの手と重なった。

「カミル⁉　お前、どんだけ飲んでんだよ」

「本当ですよ、カミルさん」

成人男性であるカミルはそれなりに重く、斜めになった身体を支えている腕はすぐには離せない。

男の脳内にある景色が、ギルバートの中に流れ込んでくる。

どこかの牢《ろう》のようだ。光は少なく、檻《おり》の向こうは狭い。石壁が無機質な空間をより冷ややかに見せている。およそ人が生活するのには相応《ふさわ》しくない空間のように見える。アイオリアの刑務所や拘置所とは比べ物にならない程度には酷《ひど》い環境だ。

その中に、一人の男がいた。

牢には似合わない身なりの良い男だ。まだ若いその男は恨み言を口にするでもなく、ただ無言のままそこに座っている。その表情は静かに現実を受け入れているようでいて、同時に瞳には強い意志が宿っているようでもある。

その男を、ギルバートは知っていた。挨拶をしたことはないが、マティアスの隣で護衛をしていたときに見たことがある。

何故ならばその男はエラトスの第一王子、コンラートだったのだから。

ギルバートは男の仕事を理解し、同時に困惑した。

エラトスの王族の不祥事――現在の国王に反発した第一王子が毒による暗殺を計画し、それが暴かれた――は、王城で働く者ならばほとんどが知っている。国王は命は無事だったが少量の毒を口にしたために治療中、コンラートは王城を追放され離宮で監視付きの生活をしており、第二王子であるヘルムートが国王の代理をしていることになっている。

民衆や他国には国王の急病と偽っているこの事実は、王宮に潜入した初日に聞いた。

しかしおかしい。もしコンラートの罪が事実だとしても、離宮で暮らしているはずなのだ。粗末な牢の中になど、いるわけがない。

「――カミルさん、大丈夫ですか？」

ギルバートは無理に意識を引き戻し、男と協力してカミルを近くの椅子に座らせた。

どうやらカミルは眠ってしまっただけのようだった。深い呼吸にほっと息を吐く。

「すみません、ありがとうございます」

ギルバートは辞めたいと言っていた男に頭を下げる。

男は慌てたように手を振った。

「いや、俺こそ悪かった。カミルの知り合いか？」

「はい。ジルといいます。王城で郵便を配っていて……」

ギルバートがさりげなく手を差し出すと、男は自然とその手を取った。

「ルッツだ。王城の騎士団で働いている。よろしくな」

「はい。よろしくお願いします、ルッツさん」

会話につられて、ルッツはカミルのことを考えたらしい。二人は同期で、部署が違ってもそれなりに仲良くしているようだ。純粋に心配していることが分かる。

ギルバートはまたもケヴィンのような笑顔をイメージして表情を作った。酔っている男達にとって、それは友好の証《あかし》に見えるだろう。

「迷惑かけてすみません。カミルさんを送っていきたいんですが、家の場所、知りませんか？」

「それなら俺が――」

「おい、ルッツ！　お前、もう帰ろうってのかよ」

「そうだそうだ！　悩んでらんないくらい飲めば良いだろー」

カミルの家を知っているルッツの申し出を、連れの男達が遮る。困ったように眉を下げたルッツに、ギルバートは首を振った。

「あの、大丈夫なので、場所だけ教えてください」

ギルバートはルッツが店員に貰《もら》ったメモに書きつけた簡単な地図を受け取り、カミルを連れて店を出た。

日付が変わる頃、ギルバートはアパートメントに帰り、水道の水をコップに汲《く》んで一気に飲んだ。首に結んだタイを無造作に緩め、一人掛けの椅子にどさりと座る。

気を抜くと、自然と深い溜息が漏れた。

今日の収穫は大きかった。王城内に新たな人脈を築けた上、コンラートとヘルムートの権力争いの謎も見えてきたのだ。

ギルバートは、明日は郵便配達の潜入は休みであることを確認する。

「――疲れたな……」

ギルバートは目を閉じ、両瞼《まぶた》を右手の平で覆って上向いた。

魔力を使い続けることには慣れている。当然任務で家を離れることにも慣れている。しかしソフィアと共に暮らすようになってから任務に出たのは、初めてのことだった。

心細さとも言える感情が日増しに大きくなっていく。国から離れ、家から離れ――ソフィアから離れ、本来の自分自身が少しずつ希薄になっていく感覚。それはこれまでのギルバートは気にも留めずにいたことだった。自分自身に対する執着が弱かった、これまでは。

今はソフィアがいる。ソフィアに愛されている自分がいる。

それは執着をするに相応しく感じられるものだった。枷《かせ》であり、拠《よ》り所でもある。

胸ポケットに隠し持っていたハンカチを取り出す。やはり可愛《かわい》らしいクローバーの花は、自身には似合っていないと思った。しかし同時にそれはソフィアらしく、健気《けなげ》で愛らしい。

お守りだと持たせてくれた控えめな主張は、いじらしくもあった。時折感じる耳飾りの熱は、ソフィアが無事に生活をしている証だ。

小さくも確かな繋《つな》がりが、またギルバートが前を向く力になっていく。

◇◇◇

ソフィアはカリーナと共に、厨房《ちゅうぼう》へとやってきていた。

旧レーニシュ男爵領には新たな打ち手としてカルナ豆の栽培を奨励し、研究者達も無事到着したと連絡を受けている。

時間に余裕ができてしまったソフィアは、その穴を埋めるために料理の練習をすることにした。

ギルバートのことが心配で、何もしないでいると不安に押し潰されてしまいそうだった。

しばらく落ち込んでいたが、このままではいけないと思った。ギルバートが国のために頑張っているのだから、その分もソフィアはギルバートのために何かをしたいと思った。

帰ってきたときに、美味《おい》しい手作りの菓子を贈りたい。

ソフィアは料理長に頼み、ギルバートが任務に出てから二週間程経《た》った頃から、隔日で時間を取ってもらっている。

「——今日は料理長、まだいないのかしら」

ソフィアは首を傾《かし》げた。いつもは先にいて、ソフィア達が来るのを待っていてくれるのだ。

カリーナも不思議そうにしている。

「でも、前回は何も言ってなかったわよ。ちょっと聞いてこようか？」

すぐにでも厨房を出て行こうとするカリーナを引き止めて、ソフィアは笑った。

「少し待ってみて、来なかったら様子を聞きに行ってみましょう？　ただ仕入れが長引いてるのかもしれないし」

料理長は出入りの業者に仕入れをある程度まで任せているが、メインになる料理の材料は市場へ直接仕入れに行くことも多い。料理長は邸内の全ての料理に責任を持っているのだから、ソフィアの頼みにばかり構っていられなくて当然だろう。

「そう？　ソフィアがそう言うなら」

「特に急ぎのことはなかったでしょう。エミーリア様からの手紙も、昨日お返事を書いているし……ゆっくり待っても大丈夫よ」

カリーナは小さく肩を落として頷《うなず》いた。

「じゃあ、せめて準備室に移動しましょ。あそこなら小さいけど椅子もテーブルもあるから、お茶ができるわ」

「あ、嬉《うれ》しい！」

ソフィアとカリーナは早速準備室へと移動した。

カリーナが二人分の紅茶を淹《い》れ、ソフィアの前に一つを置く。

二人でいれば、どんな空間だって楽しいお茶会になる。ギルバートの言い付けを守ってもう三週間も外出を控えているソフィアのために、カリーナはおつかいに行った先で聞いた話を色々と話して聞かせてくれた。

「あれ、奥様。料理長は一緒ではないのですか？」

少しして声をかけてきたのは、厨房で働いているまだ若い料理人の男だった。

ソフィアは軽く笑みを浮かべて返す。

「料理長からお菓子作りを教えてもらうことになっていたのだけど……そういえば遅いわね」

ソフィアは首を傾げる。すっかり時間を忘れていたが、もう半刻はこうして待っているだろう。

男もまた、ソフィアの言葉に厨房を覗《のぞ》き込んだ。

「おかしいですね、今日はもう戻っている予定でしたが。私は料理長から奥様のお手伝いをするようにと言われたことを思い出して、慌てて来たのですが……」

男の言葉を聞いて、ソフィアとカリーナは顔を見合わせた。

「それじゃあ、先に道具を出しておきましょうか」

男が料理長から手伝うように聞いているのなら、きっと何か理由があって遅れているだけで、すぐにやってくるだろう。ソフィアとカリーナは飲みかけのカップもそのままに、男と共に厨房へと移動した。何もせずにいたら、あっという間に夕食の仕込みの時間になってしまう。

三人でボウルや笊《ざる》を出しては、調理台に置いていく。

「──遅くなりました、今日の配達分です！」

外から声がかけられたのは、それからすぐのことだった。大きな箱を台車に乗せて転がしてきた男が、厨房の勝手口からひょこりと顔を覗かせている。

「あら、お疲れ様です。いつもありがとう」

ソフィアの姿に、男は驚いているように見えた。料理人の男が、少し慌てた様子で駆け寄ってくる。

「こ……ここに来るとき、料理長見ませんでした？　戻りが遅いみたいなんですが」

「ああ、さっき市場で見かけたよ。何か揉めてるみたいだったから、もうしばらく掛かるんじゃないか？」

「そうですか……」

箱を受け取り厨房に運び入れながら、料理人の男は小さく嘆息した。それから呆気《あっけ》にとられているソフィアに気付き、説明をする。

「料理長、こと料理には特に煩《うるさ》い人ですので、仕入先で揉めることもあるんです。いや、街の皆との関係は良好ですので、奥様がご心配をされることではございませんよ」

「そうなの？　良かったわ」

カリーナは箱を開けるのを手伝っている。

料理長の行方が分かり安心したソフィアは、ほっと肩の力を抜いた。

「――そうだ、奥様。よろしければ、こちらの葡萄《ぶどう》を食べてみませんか？」

ソフィアが顔を上げると、勝手口から厨房に入ってきた男が立派な葡萄を掲げていた。

「葡萄？」

「ええ。本当はまだ葡萄の季節ではないのですが、魔法温室で作られたものが手に入りまして。今日一つ持ってきているんです」

有無を言わせない勢いに、ソフィアは思わずそれを受け取った。

深い青紫色の果実をいっぱいに付けた葡萄は、確かに丸々としてとても美味しそうだ。まじまじと見ていると、男が言葉を重ねてくる。

「フォルスター侯爵領の端にある葡萄園のものなんです。これまで葡萄酒に加工される品種しか作っていなかったのですが、最近働き手が増えたそうで、食用の品種を増やしたそうですよ」

領地の端の葡萄園で、それも最近人が増えた場所など限られるだろう。ソフィアの頭に浮かんだのは、ビアンカがいるという農園だった。そういえば、アルベルトも今は廃嫡されて同じ葡萄園にいると、少し前にギルバートが言っていた。

確信はないが、きっとその場所ではないか。

ソフィアは嬉しくなって、カリーナを振り返った。

「カリーナ、ビアンカ達のところかしら？」

カリーナはソフィアの表情を見て苦笑する。自分を虐《いじ》めていた女と、婚約破棄をしてきた男。何故情を持てるのか、カリーナには分からなかった。しかし優しい感情を抱《いだ》くことのできるソフィアを、友人としても主人としても誇らしく思う。

「そうかもしれませんね、奥様。後程戴《いただ》いてみましょうか」

「そ……それでしたら、い、今お召し上がりください。すぐに洗います」

料理人の男が手早く葡萄を洗って、カウンターの上の皿に置いた。その手つきを、葡萄を持ってきた男がちらりと見やる。

貰ってすぐに食べることに僅かに抵抗があったソフィアは、どうしようかと視線を彷徨《さまよ》わせる。すると目が合った葡萄を持ってきた男が、へらりと表情を崩した。

「是非、お願いします。お味の感想も聞かせてください」

「そう？　ありがとう、それなら戴くわ。カリーナも一緒に食べましょう」

ソフィアは葡萄を一粒手に取り、カリーナに渡した。

「ありがとうございます。美味しそうですね」

カリーナが食べたのを見て、ソフィアも房から一粒取ってそっと唇に当てる。ひやりとした感触を楽しみつつ摘《つま》むように皮から押し出せば、瑞々《みずみず》しい甘味が口いっぱいに広がった。

「甘くて美味しいわ」

「本当！　奥様、良かったですね」

僅かな酸味と、苦味。

「ええ――」

ソフィアはもう一粒食べようかとまた葡萄に手を伸ばす。瞬間、ぐらり、と視界が揺らいだ。何かを思う間も無く、足の力が抜けてその場に立っていられなくなる。

「――ソフィア⁉」

顔を真っ青にしたカリーナがソフィアに駆け寄ろうと一歩踏み出す。しかしカリーナも、そのままふらりと床に倒れてしまった。

葡萄を持ってきた男が、小さな袋を取り出す。料理人の男がそれを奪うように受け取ると、じゃらりと硬貨がぶつかる音がした。

状況が分かり、ソフィアは愕然《がくぜん》とした。

「カリー……ナ」

ソフィアはカリーナに手を伸ばしたが、その身体までは距離があって届かない。

倒れた身体に感じる厨房の床の冷たさが、ソフィアの脳裏に警鐘を鳴らしている。頭ががんがんと痛み、次第に視界も霞《かす》んでいく。

ソフィアが最後に見たのは、顔を覗き込む男の歪《ゆが》んだ笑みだった。


不規則な揺れと、聞き慣れない音に目を覚ます。

低く身体全体を包むような音が、間断なく響いていた。

ソフィアははっきりとしない意識で縮こまった身体を伸ばそうと身動《みじろ》ぎをして、足を伸ばせないことに気付いた。両手も不自由で、口が塞がれているため呼吸も苦しい。

厨房で倒れたときのことを思い出し、ソフィアは急速に覚醒した。

どうやら両手足を縛られ、狭い箱のような場所に閉じ込められているようだ。耳を澄ますと、篭《こも》ってはいるが水が流れるような音がする。音の大きさからして、水がかなり近くにあるのだろう。

そして途切れることのない揺れ。もしかして、どこかの川だろうか。

一切の光のない暗闇の中、ソフィアは現状を認識しようと混乱する頭を必死で回転させた。

「――何だ、起きてんじゃないか」

ぱか、と開けられた上部の蓋から差し込む明かりに、ソフィアは目を細めた。

外は夜のようだが、月明かりすら今のソフィアには眩《まぶ》しい。蓋が外されたことで、水音はより大きくなる。流れていく夜空から、やはり船の上のようだと思った。揺れが大きいから、あまり大きい船ではないだろう。むしろ小舟のようなものかもしれない。

無遠慮に覗き込んでくる男に、ソフィアはびくりと身体を震わせる。

男は、葡萄を持ってきた男だった。葡萄に何か薬を仕込まれていたのだろう。男は顔の下半分を布で隠していて、表情が分からないのが余計にソフィアの恐怖を増幅させた。

「何だ、薬が少なかったんじゃねえの？　まだ着かねぇんだから寝かせとけよ」

少し離れたところから、別の声が聞こえた。聞いたことがない男の声だ。

冷たい夜風が、ここがフォルスター侯爵邸の外だという現実をまざまざとソフィアに突き付けてくる。邸《やしき》の敷地から出ないようにと、側にいなければソフィアを守る術《すべ》がないと、ギルバートは言っていた。

身分も素性も知らない男達相手では、何をされるか分からない。単純な恐怖がソフィアの身体を硬直させる。

「そうだな」

目の前の男が懐から取り出した小瓶の蓋を開け、ソフィアの顔に近付ける。

喉を痙攣《ひきつ》らせたが、口を塞がれて鼻でしか呼吸ができないソフィアは、その甘く重い臭いを思い切り吸い込んでしまった。すぐに襲いかかってきた頭痛と共に、意識に靄《もや》が掛かっていく。

恐怖も心細さも置き去りに、ソフィアはまたも強制的に眠らされてしまった。


次に目を開けた時、ソフィアは寝台の上に寝かされていた。

攫《さら》われたはずなのに、寝台は妙に柔らかく、寝具からは清潔な日光の匂いがした。首だけを動かして室内を見回す。室内には一通り揃えられているようで、奥には浴室らしき扉もあった。ずきんと痛む頭に顔を顰める。

「――ここは」

思ったよりも弱々しく掠《かす》れた声が出た。

ソフィアは起き上がろうと腕に力を入れて、思うように動かない身体に愕然とした。指の一本まで重く、まるで自分の身体ではないようだ。朧《おぼろ》げな記憶を辿《たど》り、男達が薬を使ったと言っていたことを思い出す。もしかして、そのせいだろうか。

いつもの何倍も時間をかけてどうにか寝返りを打ち、寝台が触れている壁を頼りに上体を起こす。身体中に鉛を流し込まれたかのようだった。腕を持ち上げるだけでも時間がかかり、驚く程の体力を消耗する。ただ起きただけで上がってしまった息を、俯《うつむ》いたままゆっくりと呼吸をして落ち着けようとする。自分の身体に何が起きているのか、全く分からなかった。

がちゃりと重い鍵の開く音がして、ソフィアは身体を震わせた。

入ってきたのは、見たことがない兵士らしい服を着た男だ。男はソフィアの姿を確認してから、寝台の近くのテーブルに食事が乗っているトレイを置き、そのまま無言で部屋を出て行こうとする。

「待って……っ！」

ソフィアは声を振り絞り男を呼び止めた。

緩慢な動作で振り返った男は、興味無さそうな顔でソフィアを見る。

「何だ」

その顔にはおよそ感情と呼べるものがなく、ソフィアはぐっと息を呑《の》んだ。怖かった。それでも、分からないままの方がもっと怖い。次にいつ人が来るかさえ分からないのだ。

「ここは……ここは、どこなのでしょうか」

どうか、誰かが探しに来てくれる場所であれば良い。

そんなソフィアの願いを見透かしたように、男は表情を歪めた。

「ここはエラトスの王都にある、とある塔の上だ。何人もお前を監視しているからな、逃げようなどと思わない方が身のためだ。——まあ、それがあれば動けないだろうが」

エラトスと聞いて、ひくりと喉が鳴った。

「どういう……」

「——……その首輪だ」

男がソフィアの首を指差す。

ソフィアは小さく肩を揺らして、ゆっくりと持ち上げた右手で自身の首に触れた。

「……っ」

他のことが気になって気付かなかったが、確かに首には首輪がつけられていた。特殊な金属を使っているようで、太さの割に随分と軽い。触れた感じでは、正面に鍵穴のような窪《くぼ》みがあるようだ。

「それは魔道具で、筋肉の働きを抑える効果がある。身体が重く感じるだろうが、お前の力が弱まっているんだ」

力が弱まっているから身体が重く感じる。

納得できる理由だが、そのようなものが簡単に手に入るものだろうか。危険な魔道具は規制され、簡単には購入できないようになっているはずだ。まして他人の身体の自由を奪う魔道具など、犯罪に使うためにあるようなものではないか。

「どうしてそんなものが……」

顔を青くしたソフィアは、力を抜いてぱたりと右手を落とした。足の上に手が乗るが、それ自体は確かに重くなく、男の言っていることが事実であると分かる。

男は黙っているソフィアを確認して、改めて部屋を出て行った。

ばたんと大きな音と共に、扉が閉まる。金属が触れ合う音の後に、がちゃりと鍵が掛け直される音がした。

首輪の鍵は無く、この状況を打開する術も無い。部屋の扉にも鍵が掛けられているのだ。脱出することは不可能だろう。無慈悲なまでの現実の一つ一つが、ソフィアを追い詰めていく。

ギルバートはアイオリア王国南部のバーガン領に行くと言っていた。アイオリアとエラトスは戦争中で、国境を越えるのは容易ではない。ましてソフィアがここにいることを知る者はいないだろう。

ソフィアが攫われたのは、まさか牽制《けんせい》のためだろうか。黒騎士と呼ばれその名を轟《とどろ》かせているギルバートへか、勝利が約束されていると噂されているアイオリア王国へか。

今のソフィアは、国とギルバートの足枷にしかならない。

自力で逃げ出そうにも、こんな身体では自由に動くことすらままならなかった。

「――ごめんなさい、ギルバート様」

誰にも聞かれない懺悔《ざんげ》が室内にぽつりと落ちた。

共に葡萄を食べてしまったカリーナは、どうしているだろうか。どうか、無事でいてほしい。

不安と絶望の中、不思議と涙は浮かんでこなかった。

◇　◇　◇

フォルスター侯爵家で最初にソフィアの不在に気付いたのは料理長だった。

それはいつもより長く掛かった仕入れから戻り、厨房に入ったときだ。整然と並ぶ調理器具と、丁寧に洗われ並ぶ食器達。それは自身が出掛ける前とほとんど変わっておらず、だからこそ小さな変化が気にかかる。

調べると昼食には使っていなかったはずの皿が乾燥棚に置かれており、調理台の陰に葡萄らしき果実が一粒だけ転がっている。料理人の誰かが食べたのかと思われたが、ゴミ箱に葡萄の枝や皮は入っていなかった。

元々今日の仕入れは時間がかかる予定だった。香草を何種類か購入するために、少し遠方の専門店を訪ねていたのだ。

昨日の夜のうちに、見習いの料理人にソフィアとカリーナにその旨を伝えるよう頼んでいた。

「何だ、この違和感は……」

冷蔵庫を開けると、自分が仕入れる予定が無かった野菜が増えている。

首を傾げつつ、料理長はカウンター越しに準備室を覗いた。そこには洗われないままのティーセットが二組置かれている。上品なそれの一組は、ソフィアのために選ばれたものだ。

料理長は脳裏をよぎった不安に、急いで昨日の夜連絡を頼んだ料理人の部屋に向かった。階段を駆け上がり、住み込みの使用人達が使っている部屋の並ぶ三階に行く。

その男の部屋は鍵が掛かっていなかった。扉を開けたが、中に私物は一切無い。

「嘘だろ」

料理人はまだ見習いだったが、もうこの邸で何年か働いている男だった。

明らかな異常事態に、料理長はそのまま地下のハンスの執務室へと走る。乱暴に扉を叩き、息を整える間もなく中に入った。

ハンスは何か書き物をしていたようだったが、料理長の様子を見て手を止めた。

「どうしました、料理長。そんなに慌てて――」

「奥様はどこにいる!? カリーナでも良い。今どこにいるのか、ハンスなら知らないか！」

言葉を遮り勢いのままに言う。

ハンスは途端に顔を青くして立ち上がった。

「この時間は貴方《あなた》のところではないのですか」

「昨日のうちに連絡していたんだ。今日は香草の仕入れだったから――」

「今朝はそのようなこと、全く仰《おっしゃ》っていませんでしたよ」

ハンスも事態に気付き、すぐに邸中でソフィアとカリーナ、そして料理人の男の捜索が開始された。

ハンスによると、料理人の男については実家の母親が病気で金が足りないと相談をしてきたことがあったそうだ。調べると、確かに申告の通りの事実があった。

ギルバートと相談し、数か月前、病名に見合った額を男の実家宛てに送っていると言う。

料理長は首を傾げた。

「じゃあ、どうして――」

「彼が金を欲しがったのは、母親のためだけではなかったのかもしれません」

料理長はハンスと現状を共有し、更に表情を引き締めた。もし男が他の事情でも金を必要としていたのならば、それは犯罪に手を貸す理由になり得る。

料理長は冷えていく指先に気付かない振りをしながら、邸中を走り回った。

カリーナが見つかったのは日暮れ前のことだった。

倉庫に閉じ込められていたところを庭師のホルストが見つけたらしい。

自由になったカリーナは、すぐにハンスの執務室に駆け込んできた。

「ハンスさん、ソフィアが……ソフィアが！」

涙で顔をぐしゃぐしゃにしたカリーナを見て、抽斗《ひきだし》から一通の手紙を取り出していたハンスは、すぐにそれを上着の内ポケットにしまった。

「カリーナ、落ち着いて。何があったのか、話してください」

カリーナは時折しゃくり上げながらも、昼間の出来事を口にする。ハンスは報告を聞きながら、眉間の皺《しわ》を深めていった。

カリーナの話によると、おそらくその葡萄を持ってきた男はソフィアを攫うことが目的だった。料理人の男は、当初の予想通り買収されたのだろう。

既に料理人の男の捜索には人員を割いている。素人のようだし、捕らえるのにそう時間はかからないはずだ。

「カリーナに怪我《けが》はありませんか」

「私は大丈夫です。そんなことより、ソフィアを……！」

前のめりに言うカリーナを改めて見ると、制服は汚れ、縛られていたらしい手首には無理に解こうとしたときについたらしい擦り傷がある。

「貴女《あなた》は一旦自室に戻って、身なりを整えてください。医師を呼びますので、治療を」

「でも――」

不安で仕方ないのであろうカリーナの言葉を、首を左右に振って否定した。

「――よろしいですね。やらなければならないことがありますので、私は少々留守にします。カリーナ、無理はしないように」

今のハンスには、するべきことがたくさんある。

憔悴《しょうすい》した顔で執務室を出ていったカリーナを見送って、ハンスはすぐに邸を出た。

手には料理長から預かった葡萄の実と、一通の手紙。手紙は緊急時のみ使用するように言われ、ギルバートから預かっていたものだ。

一人乗りの馬車は速く、もうすぐ正門も閉まろうというぎりぎりの時間に王城に駆け込むことができた。ハンスは近衛騎士団第二小隊に向かい、持ってきた手紙をアーベルに見せる。

帰り支度を始めていたアーベルは手を止めてその手紙をまじまじと見た。

「――フォルスター侯爵家の使者殿、どのような用件ですか」

それはフォルスター侯爵家の使者として、王太子であるマティアスとの秘密裏の謁見を申し出るための手紙だ。どんな大貴族の家にも、そのようなものはないだろう。

これはギルバートとマティアスが互いに信頼し合っているからこそ存在する。この存在を知っているのは、万一の際に取り次ぎを依頼しているアーベルと、マティアスの側近達のみだ。

「当家の者が攫われたようです。お取り次ぎを」

アーベルはぐっと唇を噛《か》んだ。

ハンスはそれ以上の言葉を重ねず、じっとアーベルの返事を待つ。

「殿下なら今日はまだ執務室でしょう。案内します」

「ありがとうございます」

アーベルが鍵付きの抽斗に、手にしていた私物を押し込んだ。

素早く上着を羽織り直す姿にハンスは内心で感謝し、アーベルの案内に続いて急ぎ足でマティアスの元へと向かう。

空には、既に数多くの星が瞬いていた。

◇　◇　◇

ギルバートはその知らせに、魔道具を机に叩きつけそうになるのを堪《こら》えなければならなかった。

そこにはソフィアが何者かに連れ去られた旨と、その状況について書かれていたのだ。利用されたのが農園の葡萄である可能性が高いことも書かれていた。

犯罪行為に加担した料理人の男は既に捕らえられ、賭け事で借金を作り、金欲しさに買収されたことが明らかになっている。

「――ソフィア」

ギルバートは耳飾りに触れた。

それが最後に反応をしたのは、昨日の昼頃のことだ。場所はフォルスター侯爵邸の中。それ以降反応がないということは、報告から見てもそのすぐ後に連れ去られてしまったということだろう。周囲に魔道具のない状況にいるのか、それとも。

任務とはいえ、側にいられなかった自身が悔やまれる。

ギルバートは脳裏をよぎる嫌な予感に目眩《めまい》がした。頭の奥の方で、ちかちかと何かが瞬いているようだ。目尻が熱く、感情的になっていることを自覚する。

どこにいるのか、せめてそれだけ分かればすぐにでも救いに行きたかった。しかし任務中のギルバートは、エラトス国内から自由に出ることもままならない。

その身の不自由さに拳を握り締めた。

手首につけたままの腕輪が熱くなる。ギルバートの感情の昂《たかぶ》りに、魔力が暴走しようとしているのだ。どうとでもなってしまえと思う自分を、理性で強く押し込める。

ソフィアの居場所を知る一番の手掛かりは、身につけているようにと言い聞かせた藍晶石の指輪だ。ソフィアが魔道具を使用すれば、ギルバートには居場所が分かる。もし今魔力を暴走させてしまったら、身につけている魔道具が壊れ、手掛かりがなくなってしまうだろう。

それだけは避けなければならなかった。

「ソフィア。無事ならどうか、居場所を知らせてくれ……」

一人きりの室内で乞うように絞り出した声は、無音の中に消えていく。ゆっくりと深呼吸をして、耳元で響く自身の鼓動を遠くに追いやった。

郵便配達の仕事に行く時間が近付いてきている。

ソフィアが今攫われたのなら、エラトスに関連している可能性が高いだろう。

ギルバートは先の戦争でエラトスに警戒されており、春にソフィアと結婚したことはアイオリア国内に周知されている。つまり、エラトス側にも知られているということだ。

今回の戦争のためにソフィアが狙われるかもしれないと、考えなかったわけではない。

「——探るか」

指示を出した人間は誰か、ソフィアはどこにいるのか。全ての手掛かりはきっとここ、エラトスにある。それもきっと、王城の中に。

ギルバートは手早く身支度をして部屋を出た。

感情を制することには慣れている。慣れている、はずだ。

ギルバートは王城の正門を抜け、事務所へと向かった。

箱に山のように入っているのは王城宛ての手紙だ。ギルバートは手紙を仕分ける振りで、手紙の宛先を確認していった。自分の鞄《かばん》にめぼしいものを入れ、違和感のないように動線上にある部署の手紙も入れる。同僚達の分も均等な量になるように仕分けていった。

こっそりと魔法で中身を確認しながら配達をしていると、今日もまたカミルがギルバートを見つけて手を振った。

「お、ジル。お疲れー」

「お疲れ様です、カミルさん」

ギルバートは笑顔で返す。

しかしカミルはおやと小さく首を傾げた。

「ジル、どうした？　何かあったのか」

「何でですか？」

「いや、元気ねぇなと思ってよ。悩み事なら相談に乗るぜ」

気安く肩を叩くカミルに、ギルバートは複雑な心境だった。やはり今日のギルバートの作り笑顔には、違和感があるらしい。

「何でもないですよ。今日は特に多いので、失礼しますね」

ギルバートは鞄を見せ、軽く一礼してその場を離れた。

肩を叩かれた時に触れた肌から、カミルの感情が読み取れた。素直にギルバートを案じてくれていることが分かり、少し安心する。同時にカミルが何も知らないことも分かった。

今は時間が惜しい。次の場所へと向かいながら、また手紙の確認に戻る。

「これは……」

それに行き着いたのは、手持ちの手紙が残り僅かになった頃だ。

第二王子ヘルムート宛ての手紙は必ずギルバートが配達するようにしていた、その中の一通。書類を入れる封筒よりも小ぶりのそれの中には、短い文章が書かれているだけだ。

——猫を保護しています。確認されたし。

あえて多くを語らないその文章にギルバートは強い確信を得た。

猫とはソフィアのことで、この誘拐にはヘルムートが関わっている。この文面からすると、指示を出したのもヘルムートかもしれない。保護というからには、現時点ではソフィアの身は無事であると信じて問題なさそうだ。

ヘルムートが確認できる場所ということは、ソフィアはエラトスにいるのか。

「殿下にお会いしたいな」

ギルバートは誰もいない廊下で、誰にも聞こえない程度の声で呟いた。

第一王子コンラートのいるどこかの牢は、居酒屋で知り合った騎士団のルッツが知っている。ギルバートはヘルムート宛ての手紙をその側近達の働く部屋に預けた。騎士団の詰所へ行けばルッツに会えるだろうか。そう考えたギルバートは、手持ちの手紙を確認し、王城の敷地の端へと向かう。

丁度交代の時間だったようで、詰所には大勢の騎士がいた。

「お疲れ様です、手紙の配達です」

「ああ、お疲れ。そこに置いておいてくれ」

着替えを終えた騎士の一人が、近くの机を指さした。ギルバートはそこに手紙の山を置き、人を探しているのが分かるようにくるりと周囲を見回す。

「──あ、そういえば、ルッツさんっていますか？」

ギルバートは騎士団の詰所を覗くようにして問いかけた。

「知り合いか？」

「はい。この前会ったときのお礼が言いたくて……」

「ルッツならそろそろ戻ってくるぜ。その辺で待ってれば会えるから」

騎士の一人がギルバートに気付いて言った。

ギルバートは礼を言って、詰所近くの開けた場所にある木に寄りかかって座る。周囲に気を配りながら、静かにソフィアの無事を祈った。今は祈るしかできない自分が情けない。

しばらくすると、ギルバートのいた場所から北の方角、王城の裏手側からルッツが歩いてきた。ルッツも交代なのだろう。相変わらず、ひと仕事終えた後の割にはどよんと暗い表情をしている。

「――ジル、お疲れ。こんなところでどうした？」

「ルッツさんに会いに来たんです。この前のお礼が言いたくて。カミルさんの家の場所、教えてくれてありがとうございます」

眉を下げて笑うと、ルッツは何でもないというように笑った。

「そんなこと、わざわざ良いのに。でも、無事送っていけたなら良かったよ」

「あと、……そのとき何か悩んでるみたいだったので、心配で」

嘘は吐《つ》いていない。ただ心配している理由が違うだけだ。

今のギルバートには余裕がなかった。可能性があるのならば、細い糸にでも縋《すが》りたい。ヘルムートの思惑もコンラートの居場所も、まだほとんど掴めていないのだ。

「ジル、お前良い奴だな。……時間あるならちょっと話すか」

ルッツは小さく息を吐くと、ギルバートのすぐ横に勢い良く座った。寄りかかった木が揺れ、葉が何枚か落ちる。

酒屋で会うと、男同士などすぐに距離が縮まったような気になる。普段は面倒に思うその付き合いも、今のギルバートにとっては都合が良かった。

「大丈夫なんですか？　辞めたいくらい辛《つら》いお仕事って……ルッツさんは騎士団の方なんですよね」

「ああ、そうだな。騎士団……お前、騎士団ってどんなイメージだ？」

ルッツはギルバートの質問に、質問で返した。

ギルバートは数度瞬《まばた》きをして、目を伏せる。ギルバートにとってその質問は、今、とても痛かった。

自分が正しく騎士であるかを、問い返されているような気がする。

「――そうですね。国と、王族と、大切な人を守る……強い人だと思います」

一番大切な人を守ることができていない、自身の矛盾が胸を締めつける。

多少魔力が強くたって、剣が使えたって、何の意味があるだろう。ギルバートは内心で自嘲し、それを態度に出さないように微笑んだ。

しかし目の前のルッツは、まるでギルバートの心を鏡に映したかのように自嘲的な笑みを浮かべている。

「俺もそう思ってたんだ。実際、やり甲斐《がい》があったよ。弱い者のために振るう剣は軽くて、守るための仕事は楽しかった」

「楽し、かった？」

ギルバートはその過去形が気になった。今もその仕事をしている人間の口から出るには、随分と弱気な発言だ。

「――そう、俺はもう働きたくないんだ。あんな……あんな仕事、俺達騎士団の仕事じゃない」

ルッツは強く言ってから、空を見上げた。

ギルバートはルッツがやってきた方角を見る。王城の土地の北側には、今はもう使われていない古い塔しかない。

ギルバートはルッツが城の裏からやってきたことに改めて違和感を抱いた。

「ルッツさん。もしかして、あの北の塔――」

「いや、違うんだ！　忘れてくれ」

ルッツは顔を青くした。

それが任務に関わるものだからこその反応であることをギルバートは知っていて、無造作に地面に投げ出されていた手を握り締めた。

「そんな、心配ですよ」

俯いてみせれば、ルッツもまたどうしたら良いのか悩んで俯いた。

無言なのを良いことに、ギルバートはルッツの脳内の映像と音声に集中していく。


『ねえ、君。君はそこでそうしていて、虚《むな》しくならない？　私はただここにいるだけなのに』

狭い牢の中、コンラートが言う。

突然の声にルッツが勢いよく振り返った。

『私の弟はね、愚かにもこの戦争に勝てると本気で思っているんだ。自国を全く理解してないのが分かる。君もそう思ってるのかな。――ねえ、この政治に君は賛成なの？』

『それは……』

本来、ルッツの役目はこのコンラートを黙らせることだったのだろう。素直にその言動に心揺さぶられている彼には、牢の見張りは全く向いていない。

『何のためにこんな仕事をしているんだい？　仕事だから？　命令だから？　エラトスの騎士団は、自分で考えることができない程に堕《お》ちてしまったのかな』

コンラートは場所にも言葉にも似つかわしくない穏やかな笑みを浮かべている。その全てが汚らしい牢には異質なもので構成されていて、ルッツはより大きく動揺したようだ。

ギルバートの予想通り、コンラートは切れ者のようである。何よりこの状況で、説得にルッツを狙うあたり、人選も的確だ。

『殿下……私は』

ルッツの複雑な心境が分かった。

悲しい、悔しい。コンラートを悪人だと思えない。何より皆が戦争で疲弊しているのは事実だ。しかし今の国王代理はヘルムートで、騎士団の指揮権も彼にある。

コンラートの言葉に賛同したい気持ちと自身の職務の間で、ルッツの心は揺れていた。

「――ねえ、ルッツさん。どうして、さっき北から来たんですか？　向こうには塔しかないですよね」

ギルバートは話題を変えた。

ルッツの動揺は更に大きく、心は無防備になる。同時に塔の中の映像が、一気にギルバートの中に入ってきた。

地下にある牢に、コンラートが幽閉されている。見張りは五人、交代制のようだ。

「え、そんな、ジル。何で……」

ルッツは肩を揺らして顔を上げた。

「え？　気になっただけですけど」

ギルバートは手を離して左右に振った。

ルッツは一瞬強張《こわば》らせた顔を緩め、ギルバートに向けてゆるゆると力無く拳をぶつけた。

「そうか、おどかすなよ。あ、俺そろそろ行くわ」

ルッツが立ち上がり、服の土汚れを手で払う。

ギルバートは座ったまま、その姿を見上げた。

「はい。お疲れ様でした」

ギルバートは、ルッツが去っていく後ろ姿をじっと見ていた。やはりその背中はどこか頼りない。

また一人になったギルバートは、王城の向こうに覗く北の塔を見た。前時代的なその塔も、かつては日々使われていたのだろうか。今になって地下牢として正しく使われているなど、国にとっても塔にとっても皮肉なことだ。

「塔の地下、か……」

今夜早速コンラートに接触することを決め、ギルバートはその場から立ち去った。

４章　黒騎士様は令嬢と再会する

北の塔の周りは夜でも見張りが置かれていた。

ギルバートがここにやってきたのは初めてだが、使われていないだけあって塔の周囲は雑草も生い茂っており、見張りの者達以外の人陰はない。ルッツはこの時間、当番ではないはずだった。

ギルバートは身を低くして、影から様子を窺《うかが》う。

塔の周りの見張りは三人。正面入口に二人、一人は周囲を巡回しているようだ。裏口はあるが鍵が掛かっていて、そちらには見張りは置かれていない。ルッツの記憶の中と人数が違うのは、何か変更があったからだろうか。

「――裏からだな」

ギルバートは闇と雑草に紛れて裏口へと向かった。

警戒して遠目に確認すると、扉には鍵穴があり、それとは別に持ち手の部分が鎖でぐるぐるに巻かれていた。そちらにも南京錠《なんきんじょう》が付けられている。鍵を持っていたとしても鎖を解く音で気付くようにしているのだろう。

ギルバートは鍵は持っていないが、普通の鍵ならばどうとでもできる。

巡回の見張りが過ぎ去った機会を狙って扉の前に移動したギルバートは、自身と扉の前に防音魔法の結界を張った。鍵の構造を透視し、持ってきた針金で内部の仕掛けを操作する。

鍵と鎖を外してしまうと、扉の持ち手の片方に鎖を重ねて掛け、針金を芯にして夜闇の中では見た目に区別が付かないよう細工した。

塔の中は元々不要物の倉庫になっていたようで、がらんとした空間に木箱がいくつも積み重なっている。壊れた家具のようなものもあった。

身を隠しながら奥に進むと、螺旋《らせん》状の階段がある。

ギルバートは足音を立てないように地下へと下り、壁に身を隠した。

牢《ろう》は何部屋かあるようだったが、明かりのある部屋は一つだけだった。中には見張りであろう、眠そうな男が一人。

男が入口に背を向けた瞬間、ギルバートは一気に部屋の中へと入る。剣を抜く間も振り返る間も与えず、男を背後から拘束した。それから昼のうちに調達していた薬を嗅がせ、男の意識を奪う。念のために持ってきたロープで拘束し、壁に寄りかかるようにして座らせた。

静かだった牢の中から、物音がした。

「君は誰だい？　見慣れない顔だけれど」

ルッツを通して聞いた声と同じだった。あまり低くないその声は、音量は小さいのによく通る。

ギルバートはすぐに振り返り、片膝をついた。マントの下に隠していた剣の鞘《さや》から布を剥ぎ、外して自身の前に置く。そうして頭を下げ、エラトスの王族への正式な礼の姿勢を取った。

「コンラート殿下、お会いできて光栄です」

ギルバートはそっと右手首の腕飾りに触れた。

途端に、くすませていたそれは白金の輝きを取り戻し、濃い茶色の髪は本来の銀色に戻る。肌の色も元に戻してしまえば、白い肌に藍晶石の瞳が印象的ないつもの姿になった。

「君は……アイオリアの」

ルッツの記憶の中でもあまり表情を変えることのなかったコンラートが、目を丸くしてギルバートをまじまじと見つめている。

「はい。アイオリアより参りました、ギルバート・フォルスターと申します」

「一度会ったことがあるね。いつかの夜会か何かだっただろうか……マティアス殿といたのを覚えているよ。こんな姿ですまない。顔を上げてくれ。頭を下げるのはこちらの方だ」

コンラートは自国と戦争中の国の貴族と会ったにしては落ち着いた態度だった。ここに来たギルバートの目的に、気付いているのだろうか。

ギルバートが言われるままに顔を上げると、今度はコンラートが頭を下げる。

「愚弟が貴国に戦を仕掛けたこと、私からお詫《わ》び申し上げる。自国の諍《いさか》いに巻き込んでしまった」

「頭をお上げください。——貴国の諍いと言いますと、ヘルムート殿下との後継争いですか」

毒を盛ったと捕らえられたコンラート。少量を口にしたために寝込んでいる国王。国王代理として執務をし、アイオリア王国に戦争を仕掛けているヘルムート。

コンラートはヘルムートに嵌《は》められたのだろう。

ヘルムートは自ら国王に毒を盛り、その罪をコンラートに押し付けたのだ。

「はは、貴殿にはお見通しかな。——そう、私は愚弟の愚策に負けた愚かな兄なのだよ」

「殿下はそのような方ではなかったようにお見受けしましたが」

「私も身内のこととなると、甘かったと言わざるを得ないかな。いくら仲の悪い兄弟と家庭を顧みない父だったとはいえ、このような暴挙に出るほどに関係が壊れていたことに気付かなかった。今では私もこのざまだよ」

ギルバートは立ち上がり、一歩前に出た。そうして檻《おり》の隙間から腕を伸ばす。

「――もし殿下が私の手を取ってくださるのならば、私は自国のためにも、殿下にとって良い協力者となりましょう」

コンラートは目を伏せ、おずおずとギルバートに近付いていた。持ち上げた手をギルバートの手に近付ける。

あと少しで触れると言ったところで、コンラートはぴたりと手を止めた。

「この手を取ると、何が起こるのかな」

「殿下のお考えを、私は全て知ることができます。我が国に不利益をもたらす可能性が高い場合はお助けできかねますが……殿下はそうではないと思っておりますので」

ギルバートは素直に事実を言った。

コンラートはその回答に口の端を上げ、機嫌良さそうにギルバートの手に触れる。

「信じよう。それに私は、見られて困るような悪巧みはしていない」

ギルバートの中に入ってくるコンラートの感情の中で、最も強い感情は純粋な愛国心だった。国民を幸せにしたい、国を安定させたい、子供達を伸び伸びと育ててやりたい。それができない現状を嘆き、弟に対して強い怒りを抱いている。

アイオリアからやってきたギルバートを信頼して良いか悩む気持ちと、これをきっかけに両国の関係が改善される可能性への小さな希望。

ギルバートは納得し、手を放した。

「ありがとうございます。私も殿下を信じましょう」

ギルバートは表情を変えないまま、牢の鍵を外した。

からんと鈍い音がして、床に鍵が落ちる。響いた音に、その鍵の重さを突きつけられたような気がした。

コンラートを助け出したギルバートは自身とコンラートに魔法を使い、髪色を変えた。これで遠目には正体が分からないだろう。

これから何をするにも、まずはコンラートを隠さなければならない。ギルバートはコンラートに道を示しながら先を急ぐ。

「――ここは、北の塔だね。私もこれまで入ったことは無かったよ」

コンラートがひび割れた壁に触れ、ぽつりと呟《つぶや》いた。

「長い間使われていなかったようですから。……外に出ます。暫《しば》しお待ちを」

ギルバートは入ってきた裏口の扉に手を当て、外の様子を探った。見張りが一人扉に寄りかかっているようだ。この時間、ここに人はいないはずだが。

「どうした？」

「巡回の見張りがサボっているようです」

鍵を丁寧に擬装し過ぎただろうか。

ギルバートは溜息《ためいき》を押し殺し、一度目を閉じ心を落ち着けた。

「――殿下、少し下がっていてください」

指示に従ってコンラートが下がったのを確認し、扉の周囲に防音魔法を使う。

ギルバートは剣の柄《つか》に手を掛け、音が漏れないのを良いことに、勢い良く扉を引いた。

「うあっ⁉」

男が扉と共に姿勢を崩す。その機を逃さず左腕で男を支え、鞘から抜かないままの剣で突いた。意識を奪った男を屋内に引き込み、コンラートに外に出るよう合図する。

入ったときと同じように鍵を掛け直し、闇と草の中に身を隠した。

「――殿下、大丈夫ですか」

ギルバートが小声で無事を確認する。

コンラートはこんな状況にも拘《かかわ》らず、笑っていた。

「はは、そうか。君はすごいね。剣も魔法も使えるのか」

興味深そうに笑うコンラートに、ギルバートは目を伏せた。

「いえ。大切な人一人……私は守ることができません」

「それは――」

コンラートが抱いた疑問から口を開いたのと、別の男が裏口に回ってきたのが同時だった。戻りの遅い見張りを不審に思われたのだろうか。

「とにかく先にここを離れましょう。殿下には、一度街のアパートメントに来ていただきます。これを羽織ってください」

ギルバートの言葉にコンラートは頷《うなず》き、ギルバートが差し出したマントを巻き付けた。それだけで、汚れてはいても未《いま》だ王族然とした衣装がすっぽり隠れて見えなくなる。

二人は身を屈《かが》めたまま、王城の敷地内を遠回りで南に歩を進めた。

北の塔で異変があっても、コンラートがいなくなっても、元の状況自体が隠されているのだから、表立って騒ぎにすることはできないはずだ。時間に余裕があるわけではないとはいえ、多少は楽観視できる状況だった。

城の敷地を出て、アパートメントへと先を急ぐ。

コンラートの顔には疲労の色が浮かんでいたが、文句一つ言わずギルバートに付いてきた。

アパートメントに着いてすぐ、ギルバートはコンラートに着替えの服を貸し、シャワーを勧めた。

コンラートは素直に受け取り、浴室の扉に手を掛ける。

「――侯爵」

呼び掛けられてギルバートが顔を向けると、コンラートは振り返ってギルバートを見ていた。

見透かされないよう、ギルバートは努めて平静を装う。

「殿下、ここでは私のことはジルとお呼びください」

「ああ、そうか。すまない、ジル。改めて、助けてくれてありがとう」

コンラートはそれだけ言って、浴室へと入っていった。

室内に残されたギルバートは、腰から剣を外し机に立て掛ける。椅子に座ると、深い溜息が漏れた。

コンラートを保護することはできたが、未だソフィアの行方は知れない。せめてできることなら、ソフィア自身が居場所を知らせてくれたらと、どうしようもないことを願った。そうしたら、こんなに遠回りせず、すぐに助けに行くことができるのに。

ギルバートは焦っていた。得体の知れない大きな何かが、二人を引き離そうとしているかのような錯覚を覚える。形振《なり》り構わず飛び出していけたなら、どんなに楽だろう。面倒なしがらみもヘルムートも、全て力で捩じ伏せてしまいたい。

答えのない思考を遮ったのは、浴室から戻ってきたコンラートだった。

「――ジルは、何か気掛かりなことがあるのかい？　随分と険しい顔をしているよ」

ギルバートはその指摘に、顔を歪《ゆが》めた。表情を取り繕うのは上手《うま》いはずだった。潜入中なのに、最近は見破られてばかりだ。

「妻が……何者かに攫《さら》われて、この国にいるかもしれないのです」

最低限の言葉で説明すると、コンラートもまた険しい顔になる。

「それは、心配だね」

口を開こうとしたギルバートは、そのすぐ後に感じた熱に、咄嗟《とっさ》に右手を耳に当てた。

「どうかしたのか？」

コンラートがその突然の行動を不審に思ったのか、ギルバートに声をかけた。しかし今のギルバートには、その声すら聞こえない。

右耳の藍晶石の耳飾りが、僅かに熱を持っていた。

「ソフィア……？」

ソフィアの指輪に向けて、ギルバートの魔力が僅かに流れていく。

ギルバートにとって行方不明のソフィアの手掛かりは、いつも身につけているよう言い聞かせた左手小指の藍晶石の指輪だけだった。

あの指輪は、魔力で魔道具を発動できないソフィアのために、ギルバートが贈ったものだ。多少でも魔力がある者は自身の魔力で充分補えてしまうため、指輪を使うことができない。つまり、指輪が使われたのならば、ソフィア以外にはあり得ないのだ。

指輪が示した場所は、エラトスの王城だった。それもたった今までギルバートがいた、北の塔。

「殿下、お伺いしたいことがございます。あの北の塔に、他に誰かがいた様子はありましたか」

顔色を変えたギルバートに、コンラートは何かを考えるように俯《うつむ》き、少ししてはっと顔を上げた。

「言われてみれば、昨夜、塔の上の方が妙に騒がしかったように思う。奥方だと断定することはできないが、誰かが連れてこられていたのかもしれない」

コンラートの言葉に、ギルバートは目を見張った。

「それは――……っ」

「ジル？」

コンラートがギルバートを呼ぶ。瞬間、ギルバートは現状を嫌でも理解した。

王城に戻ることはできない。きっと今、北の塔ではひっそりと警備を増やしているに違いなかった。

ソフィアはすぐそこにいて、魔道具の指輪に気付きギルバートに助けを求めているというのに。今のギルバートには、ここを飛び出すことは許されていない。

「……塔の上階にいたのは、私の妻で間違いないでしょう」

「それは、分かるのか？」

「はい。私には、分かります」

はっきりと言うと、ギルバートは唇を噛《か》んだ。

本当は今すぐ助けに行ってやりたい。どうしても無事でいてほしい。無事でいてくれなければ、ギルバートはきっともうただ心臓が動いているだけの人間ではない何かになってしまうだろう。

万一のことを考えるのも恐ろしかったが、考えずにはいられなかった。

ソフィアのこととなると、感情を誤魔化せなくなる。そんな自分の変化をまざまざと突きつけられ、ギルバートは動揺した。

明日の朝にならば警備も戻っているだろうか。

できるだけ早く北の塔に行きたい。

ギルバートはそう決意し、きっと眠れないであろう夜をこのまま越える覚悟を決めた。

◇　◇　◇

エラトスの王都にあるとある塔の上——男の情報が本当かどうかは分からなかったが、ソフィアは少なくとも今殺されることはないということだけは分かった。

窓一つない部屋なのに寝具も室内も清潔に保たれており、食事もおそらく最適な時間に届けられている。もっとも、今のソフィアには時間を把握する手段はなかったが。

食事を終えると数人の使用人らしき女がやってきて、力の入らないソフィアの身体《からだ》を拭き、着替えをさせて出て行った。夜着に着替えさせられたということは、今は夜なのだろう。

何もできないまま、されるままでいる自身が悔しかった。

一人きりで閉じ込められていると、様々な不安がひっきりなしに押し寄せてくる。

カリーナは無事だろうか。料理長も帰りが遅かったが、何かに巻き込まれていないだろうか。侯爵邸の皆はソフィア達の不在に気付いてくれているだろうか。

ギルバートには伝わっているのだろうか。

マティアス達に、アイオリア王国に迷惑をかけてしまったことも申し訳ない。

ソフィアはこのまま消えてしまいたいような気持ちになった。こんなに迷惑をかけて、平然と戻ることなど許されないだろう。ソフィアの不注意で、大変なことになってしまった。

しかし部屋に刃物はなく、今のままでは自害できるほどの力も出せない。人質として死なれては困るのだろうと、そのくらいのことはソフィアにも分かった。

どうしようもなく悲しくて、目から涙が落ちた。夜着の裾をぽつりと濡《ぬ》らす。

「大丈夫、大丈夫よ……」

ソフィアはそっと目を閉じた。それから、泣いていても仕方がないと言い聞かせる。

ソフィアはギルバートの妻なのだ。フォルスター侯爵家の女主人になったのだ。今は情けない状況だけれど、このまま何もできないままでは、本当にただの役立たずだ。せめて、どうにかして居場所を伝えることはできないだろうか。

窓は無い。部屋には最低限の調度しか置かれておらず、あるのは寝台とテーブルくらいだった。

照明は高い位置に付けられていて、薄暗い程度に照らしている。起きているにも眠っているにも気にならない程度の明るさに、今までそれを意識していなかった。

あれはきっと魔道具だろう。

「明かりがあって良かった。真っ暗だったら、きっと怖くていられないもの」

今の心理状態で暗闇の中に長くいられる自信はない。

ソフィアは心細さから、右手を持ち上げて左手の上に重ねた。

「あ……」

左手に、手ではない硬い感触があった。

見下ろした先にあるのは、いつも身につけている薬指の結婚指輪と、小指の藍晶石の指輪。ソフィアを攫った犯人達は、宝飾品や服は奪わなかったようだ。

ソフィアは左手と照明を何度も見比べた。

「――この指輪なら、ギルバート様に」

見た目では分からないが、この藍晶石の指輪は魔道具なのだ。

これをつけていればソフィアでも魔道具を使うことができる。そして、同時にそのときに使う魔力の元であるギルバートに居場所を知らせることができる。

もう一度、今度は壁を中心に目を凝らす。照明のスイッチは入口の近くにあるのが常だ。

ソフィアはちょうど扉の横にある金属製の板に目を止めた。何かの模様が刻まれている。きっとあれが照明のスイッチだろう。

ソフィアの座っている寝台からは、数メートルほど離れているようだ。

「あれに触れれば……っ」

ソフィアは立ち上がろうとして寝台から滑り落ちた。やはり思うように身体に力が入らない。咄嗟に身体を支えようと伸ばした手は、シーツを乱しただけだった。

「――……っ」

どうにか体制を整えたソフィアは、石壁と古い木の床の室内に取ってつけたように敷かれた絨毯《じゅうたん》の上を、身体を引き摺《ず》って進むことにした。

これならば、少しずつだが、確かに壁に近付くだろう。

少しずつ、少しずつ。荒い息を吐きながらどうにか壁まで辿《たど》り着いたソフィアは、壁に寄りかかって上体を起こした。このまま手を持ち上げて伸ばせば、スイッチに届く。

ソフィアは壁を頼りに、少しずつ左腕を上に向けて伸ばしていった。

足りない力は、右手を添えて。ぐっと伸ばしてようやく触れたスイッチは、無機質な冷たさで皮膚を通し存在を主張する。瞬間、部屋は暗闇に包まれた。

ソフィアはもう一度スイッチに触れた。左手の指輪から伝わる魔力が、また部屋を明るくする。

この魔力は、ギルバートのものだ。重さに任せて落とした左手の指輪が、魔道具の照明を受けてきらりと輝く。

「ギルバート様。ここに……いてくださるのですね」

左小指に、ギルバートの魔力。

見知らぬ場所で一人きりで、自由を奪われていても、ソフィアは一人ではなかった。

何度かスイッチに触れようと、もう一度腕を伸ばす。さっきより重く感じるが、それでもあと少しと思ったそのとき、不意にすぐ横の扉が外から開けられた。

ソフィアは慌てて腕を下ろす。

「おい、娘はいたぞ！」

兵士らしい服装の男が、外に向かって何事かを叫んだ。すぐにばたばたと足音が響いて、扉から何人もの男の顔が覗《のぞ》く。

「え……」

自分の誘拐にこれほど多くの人間が関わっていたとは思わなかった。さあっと血の気が引いていく。

「何でこんなところにいるんだ」

男の一人がソフィアを雑に担ぎ上げた。寝台に下ろされ、ばさりと布団を掛けられる。必死の思いで辿り着いた壁から、あっという間に離されてしまった。

「移動までこっちの鍵は頑丈にしておこう。何があるか分からん」

「そうだな、持ってくる」

男達は次々と離れていく。

最後に残った男が、部屋の明かりを消した。

「——下手なことはするな。どうなっても知らんぞ」

入口の扉が、存在をしっかりと印象付けるように大きな音で閉められた。続いて金属の擦れる音と、更に鎖や鍵の音が続く。どれだけ厳重に鍵を付けられているのだろうか。

外で起きた出来事を知らないソフィアには、暗闇も鍵の音も、ただ恐怖を煽《あお》るばかりだった。

◇　◇　◇

翌日、早朝のうちに王城の北の塔を訪れたギルバートは、やはりと言える変化に落胆した。

塔の周囲には全く人はおらず、中に入ってみても、既にそこはもぬけの殻だった。地下から最上階まで、どの部屋も荒れていて人はいない。

しかし人が出入りしていた痕跡まで消せるものではない。

確認してみたが、地下でコンラートが入れられていた牢には埃《ほこり》が溜《た》まっていなかった。そこまで擬装する余裕は無かったのだろう。

同じように埃の無い部屋が、塔の上階にあった。その部屋の入口の側《そば》には、鎖や鍵が不自然に落ちている。

「――ソフィア、ここにいたのか」

その部屋は家具が端に寄せられ、カーペットも敷かれていなかった。

しかしよく見れば塔の古さの割に綺麗《きれい》なカーペットは折り畳まれてわざとらしく適当な布と共に重ねられている。家具も実用に耐えるものばかりだ。

もうソフィアのいた名残など何も残っていないその部屋で、ギルバートは静かに目を閉じた。

こんなに近くにいたのに、気付いて助けることができなかった。

ソフィアはギルバートがエラトスにいることすら知らない。この場所がどこだったかすら、知っていたか分からない。

窓一つ無い部屋で何を思ったのか。

ギルバートがどんなに考えても答えはなく、今どこにいるのかも分からない。唯一分かるのは、その行方にヘルムートが関わっていることだけだ。

「行くか」

ギルバートは北の塔を出た。

そろそろ王城に人が増えてくる時間だ。ギルバートは警備に警戒しながら塔を出て、今日も郵便配達の事務所に向かった。動きがあったのだから、報告する何らかの書簡があるかもしれない。

ヘルムートの周囲の様子も改めて確認したかった。

「おはようございます」

ギルバートは作った無邪気に見える笑顔で扉を開ける。

「おはよう。今日は多いぞ。よろしくな、ジル」

「うわぁ。……本当に多いですね？」

「送り主を見るに、多分、王子様の気紛れのせいだと思うが……ま、頑張れ」

「気紛れですか。皆さんもお疲れ様です」

送り主を見て分かるということは、特定の派閥の貴族達ということだろうか。ギルバートはすぐに確認しようと決めて、この場は素直に頷いた。

さりげなく宛先を確認しながら仕分け、めぼしいものは自分の鞄《かばん》に入れる。自然、いつもより量は多くなった。

「いってきます……」

「多いからってそんなに落ち込むなよ。いってらっしゃい」

男はひらひらと手を振ってギルバートを送り出した。

ギルバートは先に王城の建物の、誰も使っていない物置に入る。それから事務所でかるく纏《まと》めていた手紙を、散らかして床に置いた。こうすれば万一見つかっても、落とした手紙を整理していたと言い訳ができる。

ギルバートは一通ずつ手をかざして手紙の内容を探っていった。

手に入れたいのは第二王子ヘルムートとの接触方法か、ソフィアの居場所だ。できるだけ時間を掛けないように調べ、ようやく見つけた手掛かりはヘルムートのとある予定だった。

「――レヒナー侯爵邸で行われる、仮面舞踏会か」

確かに仮面舞踏会ならばお忍びにはもってこいだろう。

正体に気付いたとしてもそれを口にすることは無粋とされている場で社交を楽しむのだ。まして今回は第二王子派の侯爵家主催のようである。ヘルムートが参加していても、何の不思議もない。

仮面舞踏会は三日後に開催されるらしい。

どうにかして、招待状を手に入れたい。ギルバートはそのまま残りの手紙もひと通り確認してから束ね直し、何事もなかったかのように物置を後にした。


帰宅後、コンラートに仮面舞踏会の話をすると、ある貴族を訪ねるようにと言われた。

ギルバートはコンラートから預かった手紙を持ち、その日のうちにその貴族――アンテス伯爵の邸へと向かった。

邸《やしき》は古いが良く手入れされていて、力がある家なのだと分かる。ギルバートが家令に手紙を見せると、家令はすぐに当主である伯爵に繋《つな》いでくれた。

「突然の訪問になりましたこと、お詫びいたします」

ギルバートがきっちりと腰を折ると、アンテス伯爵は何でもないというように手を振り、ギルバートに座るよう促した。

「いや、構いません。この手紙の差出人からの頼みでしたら、他の何よりも優先させていただきます」

コンラートは、封筒に偽名を書いていた。どうやら、事前に合図として決めていたもののようだ。

「ありがとうございます。私のことは、ジルとお呼びください」

「おや、立場のある方のようにお見受けいたしましたが」

アンテス伯爵はまだ三十代くらいのように見えるが、コンラートに信頼されているだけあって、よく気が付く男のようだった。

「この場では、ただのジルでございます」

ギルバートはあえて作り笑顔をせず、しっかりと答えた。

アンテス伯爵はギルバートの前でじっくりと手紙を二周読み、口を開いた。

「実は我が家は、この手紙の差出人の指示により、表向きには第二王子の派閥でして。歯がゆい思いをしておりました」

「それは……心中お察しいたします」

コンラートが捕らえられヘルムートが国王代理として動いていた間、大人しく従った振りをしていたということだろう。コンラートを次代の王にと望む者としては、悩ましかったに違いない。

「ですが、それ故に。お望みの仮面舞踏会の招待状も、こちらにございます」

アンテス伯爵は家令が差し出した黒い封筒を、ギルバートにも見えるようにテーブルの上に置いた。金の装飾がされているそれは、いかにも健全ではない舞踏会らしい。

「妻が参加することになっています。私の代わりに、エスコートを頼みますね」

話によると、アンテス伯爵の妻レーネは情報収集として多くの夜会に参加しているらしい。その際、夫以外の男を伴うことも少なくないのだという。

「多少遊んでいる女性相手の方が、皆口が軽くなりますから」

「そういうものですか」

「そういうものです」

首を傾《かし》げたギルバートに、アンテス伯爵が自信ありげな表情で頷く。

「では、奥方をお預かりいたします」

「ああ。とはいえ、妻は一人でも問題ありませんから。好機があれば、逃されませんように」

アンテス伯爵の言葉に、ギルバートはそっと目を伏せた。

ヘルムートに直接触れる機会はあるだろうか。そうすればきっと、ソフィアの居場所の手掛かりも掴《つか》めるだろう。少しでも早く、助けてやりたい。

「はい。必ず」

つい声に乗る隠しきれない焦燥に、アンテス伯爵が眉を下げた。

ソフィアを取り返してしまえば、ギルバートに恐れるものは何もなくなる。アパートメントで隠れているコンラートに表に出てきてもらう日も近いかもしれない。

ギルバートは確信に近い予感を胸に、暗闇に紛れて伯爵邸を後にした。

◇　◇　◇

ソフィアが不安な眠りから目覚めたとき、真っ先に驚いたのは眠った部屋とは異なる場所にいたことだった。

「ん……、痛っ」

痛む頭に眉を顰《ひそ》めて、相変わらず重い身体を寝台から無理に起こす。

ゆっくりと天蓋を掻《か》き分けると、そこはこれまでにいた石壁が剥《む》き出しだった場所とは異なり、絢《けん》爛《らん》豪華と言って遜色無い部屋だった。フォルスター侯爵家のような上質な豪華さともまた違う。高価な物を集めたことが分かる鮮やかさだ。

照明は明るく、暖炉には金の装飾がある。壁には派手に着飾った女の肖像画が掛けられており、机や書棚、テーブルの上の銀の水差しにまで細かな彫刻が施されている。

空は赤く色づき始めていた。

「──ここはどこかしら」

今度はどこに連れてこられたのだろう。

窓には外側に金属の格子があって、ソフィアには外せそうにない。それでもせめて場所が分かればと必死で窓に近付いてみたが、そこから見えたのは広大な庭園と視界を遮るように植えられた木々だけだった。

「そんな」

魔道具を使い、ギルバートに居場所を知らせたのが無意味になってしまった。ソフィアは失望を隠せず、深く息を吐く。それから改めて扱える魔道具を探そうと、視線を巡らせた。

部屋の扉が開いたのはそのときである。

突然の音にソフィアは肩を震わせ振り返った。

「おや、随分とお転婆なご令嬢だ」

「侯爵様、彼女はご結婚されております」

入ってきたのは、二人の男だった。

侯爵と呼ばれた男は、部屋同様にソフィアには無駄と思える程の装飾品を身につけている。これから夜会にでも参加するかのような装いだ。それでも派手すぎるほどだろう。一方もう一人の男は従者らしく黒を基調としたシンプルな服を着ており、服の上からでも分かるほど引き締まった体躯《たいく》だ。

「そうか。人妻とは、あのお方も物好きなことだな」

お転婆だと言われ、ソフィアは今の自分の状況を確認した。重い身体で窓際までやってきたため、服が乱れ、スカートから足が膝近くまで覗いていた。

「――……っ」

ソフィアはそろそろと足を引き寄せ、スカートの中に隠す。こんなときでも、やはり恥ずかしいものは恥ずかしい。無遠慮な視線が向けられ、背筋がぞわりとした。

攫われてから初めて出会う、立場のありそうな男だった。その身なりから、誘拐の主犯か、関係者であることは明確だ。

「――何を、企んでいるのですか」

ソフィアは声を震わせないよう、ゆっくりと言葉を選んだ。

「企んでなんていない。私はただ、依頼を遂行しているだけだよ」

どうやら男は主犯ではなく、依頼者は別にいるらしい。それは侯爵よりも上の立場の人間ということだろうか。

ソフィアは自身の現状が想像以上に大きな権力によってもたらされたことに気付いた。

侯爵以上というと、公爵か、王族。国やギルバートに対して無茶な要求がされていなければ良いと、祈ることしかできない。

思考に沈んだソフィアを、男の声が現実に引き戻す。

「しかし、長く眠っていたな。腹は空《す》かないのか？」

「あの首輪は空腹も軽減しますので」

「そうか、便利なものだ。……とはいえ舞踏会の間に倒れられても面倒だ。しっかり食事はとらせておけ」

「かしこまりました」

侯爵が踵《きびす》を返して部屋を出て行った。

扉は閉められ、室内には従者らしき男とソフィアだけが残された。逞《たくま》しい男と二人きりというのは恐ろしいが、今はそれどころではない。侯爵の言葉に、ソフィアの脳が警鐘を鳴らしている。

「私……どれくらい眠っていたのですか？」

ソフィアは恐る恐る男に尋ねた。

「三日です。眠っている間に何度か睡眠薬を使わせていただきました」

「三日……っ⁉」

ソフィアは驚きに目を見開いた。

三日とは、もし先に魔道具を使った塔にギルバートが辿り着いていたとしても、ソフィアを見失うには充分な日数だ。あの場所は、ここからどれだけ離れているのだろう。

「三日……」

もう一度繰り返し言葉にすることで、ソフィアはようやく現実を正面から受け止めることができた。

「――後ほど食事をお持ちします。また、今夜は仮面舞踏会がありますので、ご出席を。衣装はメイドが用意します」

男も部屋を出て行き、今度こそソフィアは広い部屋に一人きりになった。

この部屋は塔とは違い窓がある。それだけで、不安は大分減ってくれる。分からないままのことは多いが、一人にされている間は身の安全が保障されるだろう。

「仮面舞踏会？」

男の言葉が耳に残っていた。妙に華やかだと思った侯爵と呼ばれていた男の衣装も、仮面舞踏会のためならば確かに納得できる。

気になったのは、先程の言い方だ。まるでソフィアも参加させられるような口ぶりだった。

今の自分が参加させられて、どうなるというのだろうか。

分からない。

「大丈夫。大丈夫だから……しゃんとしないと」

まずは何かの魔道具を起動させて居場所を知らせようと、ソフィアは重い身体を起こした。

部屋の端にある机には、ガラス製のランプがある。必死でそこまで移動して、スイッチに触れた。

温かみのあるオレンジ色の明かりがぽわりと光る。

魔道具の明かりは、こんなときでも柔らかい。

ソフィアはそのまま、数度それをつけたり消したりを繰り返した。

ギルバートに気付いてほしい。せめて無事だと伝えたかった。

ソフィアは必死な願いを、小指の藍晶石の指輪に賭けた。

「大丈夫。これは、ギルバート様の魔力だから……」

呟くように自身に言い聞かせるのは、一人ではないことの確認だ。指輪がある。だからソフィアは、今もギルバートと共にある。

力の入らない拳をゆるりと握って、ソフィアは目を閉じた。

仮面舞踏会に参加させられるというのならば、そこには多くの人が出入りするだろう。ソフィアが逃げたり、助けを求めたりする機会もあるかもしれない。ここがどこだか分からなくても、ここに監禁され続けているよりはましではないか。

ソフィアはそう決めて、また所在無く指輪に触れた。


空の色が藍色に変わる頃、ソフィアが監禁されている部屋に複数のメイドがやってきた。

彼女達は力が入らないまま項垂《うなだ》れているソフィアを取り囲む。突然のことに困惑していると、メイドの一人によってソフィアの手首が持ち上げられ、金色の細い腕輪を付けられた。

「お立ちください」

立てと言われても思うようにはできないだろう——そう思ったが、メイド達の感情のない冷めた目が怖くて、ソフィアは足に力を入れる。

「あら？」

いつもより身体は少し重いが、それでも立ち上がることができた。

ソフィアは首を傾げる。この程度ならば、ここなら抜け出す程度の力は出るかもしれないと、内心で期待した。

「首輪の威力をコントロールする魔道具です。出力はこちらで調整しておりますので、ご無理をなさらないよう」

言った年嵩《としかさ》のメイドは自身の手首にソフィアのつけられたものとよく似た腕輪を持っていた。

ソフィアは小さな希望を砕かれ、失望の表情を隠すように俯く。

それを反抗の意思無しととったか、メイド達は次々とソフィアの服を脱がせ、代わりにおそらく今夜の仮面舞踏会用であろう無駄に豪華なドレスを着付けていった。

それは細身のドレスだった。膝上までのタイトなシルエットで、裾は長めに広がっている。非常に動きづらそうな形だった。漆黒の生地には金糸で刺繍《ししゅう》がされている。これまで着たことがないほど深く開いた胸元は金の紐《ひも》で留めるように結ばれており、肌色が無骨な首輪の存在を強調していた。

メイドが持っている魔道具の腕輪を操作したのか、今度はソフィアの身体が急に重くなった。姿勢を支えきれずにぺたりと床に座ると、すぐにメイドが化粧と髪型を変えていく。されるがままのソフィアは、改めてその魔道具を恐ろしく思った。

それから少しして支度を終えたソフィアはメイド達から解放された。

部屋から次々と出て行く女達を見ながら、ソフィアは溜息を吐《つ》く。ドレスが皺《しわ》になるのも気にせず、ままならない身体を横たえ、目を閉じる。

瞼《まぶた》の裏に浮かんだギルバートは、こんなときでも甘く微笑《ほほえ》んでいた。

◇　◇　◇

ギルバートは銀の装飾が華やかな青の夜会服に着替え、髪の色を戻した。

久しぶりの銀髪は、自分の髪なのにどこか懐かしく感じる。

鮮やかな青に装飾の多い服は着慣れないが、羽振りの良い貴族だと思わせるためには仕方ない。ヘルムートに近付くには、そう見せるのが良いだろう。今日はポケットに用意している仮面にまで、大粒のサファイアをあしらっている。

「今日のジルは随分と格好良いね」

「揶揄《からか》わないでください」

「いや、揶揄いではなく、やはり貴殿には銀の髪が似合うと思っただけだよ」

コンラートが笑っている。

ギルバートは何とも居心地が悪く、右手で髪を緩く掻いた。その手首には、しっかりと磨かれた白金の腕輪が輝いている。

懐にそっと短剣を忍ばせた。

「このような場所にいていただいて申し訳ございません。殿下の出番はもう少し先になります。どうかそれまで、ご辛抱を」

「いや、構わないよ。貴殿に任せてばかりですまないね」

「いえ」

任せてばかりと言われたが、そんなことはない。

ここ数日、コンラートはマティアスと、通信用の魔道具でやり取りしていた。王族同士の交流は、間違いなくアイオリアとエラトスの戦争を終結させる道筋になるだろう。

ギルバートはマントを被《かぶ》って髪と衣装を隠し、部屋を出た。まだ少し早いが、貸し馬車を確保するには丁度良い時間だ。

城下町の端にある店で御者ごと箱馬車を借りる。中流程度の貴族が使用する、しっかりとした作りのものにした。先に支払いを済ませてしまえば、身分証明は不要でサインだけで借りることができる。お忍びの貴族に配慮したその制度を有り難く利用させてもらい、ギルバートはアンテス伯爵邸へと向かった。

レーネは既に支度ができていたようで、ギルバートが挨拶をするとすぐにやってきた。

大胆にカットされた紫色のドレスが、気の強そうな瞳の印象を更に強くしている。おそらく、わざとそういったように見せているのだろう。後れ毛と赤く塗られた唇がレーネの妖艶さをより強く演出していた。

「――本日は、よろしくお願いいたします」

ギルバートが貴族らしく腰を折って挨拶をすると、レーネは慣れた様子で右手を差し出した。

「私こそ。お力になれたら嬉《うれ》しく思いますわ」

「妻をよろしくお願いします」

レーネはアンテス伯爵と軽く抱き合い、ギルバートと共に馬車に乗り込んだ。

ギルバートはあえて遠回りで会場となるレヒナー侯爵邸へと向かった。

借りた馬車は二人には充分過ぎるほど広い。

互いの自己紹介の後は特に弾むような会話もなく、ギルバートは手持ち無沙汰に耳飾りの藍晶石に触れた。相変わらず変化のないそれに小さく失望した、そのときだ。

「――……っ」

数日ぶりに、それが熱を持った。

ソフィアの指輪に向けて流れる魔力を感じる。それが気のせいではないとギルバートに確認させるように、二回、三回と繰り返された。

「ソフィア、いるのか」

ぽつりと呟いた言葉に、レーネが目を見張った。

「奥様ですの？」

「――ええ。どうやら、……レヒナー邸にいるようです」

音になれば胸を締めつける。

側に感じていた日々が、毎日名前を呼んでいた日々が、遠く感じた。

「愛していらっしゃるのね」

レーネが柔らかな声で言う。きっと、こちらがレーネの本質なのだろう。

「はい」

「では……今日、必ず取り返してくださいませ」

ギルバートはその言葉に、決意を持って頷いた。

仮面をつけ馬車から降りたギルバートは、目の前の邸に向き直る。既に招待客達は集まってきているようだ。

ギルバートはレーネと共に、その人波に紛れるように流れに加わった。

過剰とも言える華やかさに、ギルバートは目眩《めまい》を堪《こら》えなければならなかった。

邸外は夜とは思えないほど魔道具の明かりで照らされており、玄関を抜けると金の縁取りの真っ赤な絨毯が敷かれている。芸術品であろう壺《つぼ》や彫刻が均等に台座に飾られているのも、ギルバートにはしつこく感じられた。

控えの間の前で招待状を見せ、仮面に隠れた眉間には皺が寄っているだろう。

華やかさに、今日の服装は決して派手ではなかったと思う。ギルバートは当然のように会場内へと潜り込む。ここまでと同様の演出のためか、会場内の照明はかなり控えめだった。

「こちらは、落ち着いているのですね」

「そうね。まずは軽くお酒を飲みましょう」

歳上《としうえ》らしく敬語を外したレーネの言葉に頷き、ギルバートは近くにいた給仕からグラスを二つ受け取った。念のために毒が入っていないか確かめてから、片方をレーネに渡す。

軽くグラスを重ねて、ほんの少しを口に含んだ。

既に人が集まってきており、同じように仮面をつけた者達があちこちで会話を始めていた。それぞれの服装や身なり、振る舞いで、顔が半分隠れていても、貴族も商人も大体の格は分かる。

しばらくとりとめのない会話をしながら周囲を観察していると、室内奥、薄布のカーテンの向こうに明かりが灯《とも》った。カーテンのこちら側の方が照明が暗いため、ある程度向こう側の様子が窺える。

大きなソファが置かれており、サイドテーブルにグラスが二つあるようだ。

少しすると今度はこちら側よりも弱い明かりになり、カーテンの向こう側が見えなくなった。逆にこちらの様子は良く見えることだろう。明るさは、規則的に繰り返し変化する。

「――今日は殿下もいらっしゃると聞いているけれど……随分な演出だわ。何だか、自分の力を見せつけているみたい」

「そういうことなのでしょう」

レーネによると、エラトスの未婚の貴族令嬢や年頃の娘を持つ家は、未《いま》だ独身である二人の王子、コンラートとヘルムートに興味津々らしい。

甘いマスクのコンラートは人気もあったようだが、今回の事件が知られて以降、ヘルムートの周囲により華やかな令嬢達が集まるようになった。その目的が後宮入りや王妃の座であったとしても、ヘルムート自身も嫌な気はしていないのだろう。

コンラートを救おうとする貴族もいるようだったが、民衆寄りの思想を持つコンラートの味方を積極的にする者は歴史ある大家の中にはおらず、やはり劣勢なようだ。

ギルバートは小さく嘆息して、カーテンの向こう側にヘルムートの登場を待った。

「いついらっしゃるのかしら？」

待ちきれずにレーネが言う。

薄布のカーテンの向こうは霞《かすみ》がかったように見える。ソファや小物の形状や色は何となく分かるが、それだけだ。明かりがゆっくりと数度明暗を繰り返しているが、誰かが現れる様子はない。

そうこうしている間に仮面舞踏会らしく華やかな音楽が流れ始めた。少しずつ、会場の中央に足を踏み出す者が増えていく。

「なかなかいらっしゃらないですね。今のうちに一曲、お相手願えますか」

ギルバートはレーネに手を差し出し、軽く腰を折った。カーテンの側で中の様子を見たかった。ダンスをしながらであれば、もっと近付けるだろう。

「ええ、そうね」

レーネが手を重ねる。触れた手から、レーネもギルバートと同じことを考えていると分かった。

くるりくるりと視界が動き、見える人が変わる。その度に周囲を観察する。仮面舞踏会であるからか、レーネが慣れているからか、パートナーと無理に視線を合わせている必要は無さそうだった。

「――あの人」

レーネが踊りながら、目線で少し先にいる男を示す。

そこにいたのは随分と華やかに着飾った男だった。この場にいてもかなり目立っている。周囲の人々も男が誰だか分かっているようで、遠巻きに窺う者と機嫌を取る者とで極端に分かれていた。

「あの貴族風の男ですか？」

「そうよ。ああ見えて、彼はこの家を継いだばかりの侯爵なの。……奥方がここにいらっしゃるのなら、彼が知らないはずがないわ」

あの派手な男こそが、この仮面舞踏会の主催のレヒナー侯爵らしい。レーネは貼りつけた笑みを収めないまま、しかし僅かに表情を歪めた。触れている肌から伝わる感情は、嫌悪のようだ。

「お嫌いなのですか？」

ギルバートの問いに、レーネははっとしたのか指先に力を入れた。

「ええ、品性のない人は嫌いよ」

レーネの記憶によると、その理由は服や装飾の派手好きだけでなく、以前直接口説かれたこともあったらしい。既婚者であると知っていて、かなり下品に誘いをかけてきたようだった。

「この後、話してみます」

曲が終わり、ギルバートは一礼する。

レーネを見ていた者は何人もいたようで、次のダンスの相手にと数人が寄ってきていた。

「行って。また、必要なときに声をかけてね」

ギルバートはレーネを置いて、そっとその場を離れた。やはり直接レヒナー侯爵に話をしに行きたい。離れたところから様子を窺うと、ちょうど一人になったところだったようだ。

「──こんばんは、ご一緒しても？」

ギルバートはグラスを持ち、あえて相手の立場を知らない振りで声をかけた。

レヒナー侯爵は驚いたようにギルバートを見る。

「貴様、私を誰だと──」

「どなたでしょうか？　分かりません、何せこの仮面でございますから」

ギルバートがにこりと笑ってグラスを上げた。

「そうだな、貴殿の言うことも尤《もっと》もだ。初めて見る顔だな、後日私の名を知って後悔するかもしれないが──なかなか面白い奴だな。構わない、今日は飲もうじゃないか」

レヒナー侯爵は笑ってグラスを上げ、ギルバートのグラスと重ねた。

ギルバートは涼しげな音に続けて葡萄《ぶどう》酒を飲む。

「お付き合いありがとうございます」

レヒナー侯爵はにいっと笑った顔で、ギルバートに顔を寄せた。

「……本当に私を知らないわけではないだろう？　それで、私にわざわざ声をかけるということは、何か利のある話があるのか」

「きっと、ご満足いただけると思いますよ」

特に用意はしていないが、ギルバートは自信ありげに頷いた。いざとなれば適当に嘘《うそ》を吐けば良い。

「ははは、それは良い。後でゆっくりと教えてくれると嬉しいね。ああ君、彼にも新しい飲み物を。葡萄酒でいいかい？」

レヒナー侯爵はギルバートの空になったグラスをひょいと奪うように取り、給仕に自身のグラスと一緒に渡した。給仕は受け取ったグラスをトレイに置き、代わりに中の満たされているグラスをそれぞれに手渡す。

「ありがとうございます」

ギルバートは受け取って、一口飲んだ。それから興味深げな表情を作り、カーテンの向こうを気にしてみせる。

「あの演出は面白いですね。まだ、誰もいらっしゃらないようですが……」

「これからだよ。今回は面白いものもある。——見ていると良いさ」

当たり障りの無い会話をしばらく繰り返していると、またカーテンの向こうが明るくなった。いつの間にかそこには、二人の人間がいた。背の高い男と、細身の女だ。薄布のカーテンのお陰で人物が特定できない程度にぼやけてはいるが、その姿形はよく見える。どちらも盛装で、特に男は華やかな装いだ。一方女はその身体のシルエットを際立たせるタイトなドレス姿で、膝から下、裾周りだけ布が多い。

堂々とした立ち姿の男に対して、女は不安定な足取りで、俯きがちなのが気にかかった。それどころか、よく見れば——その首からは何か紐のような物が伸びて、男の手元と繋がれている。

「——……!?」

「面白いだろ？　今夜のゲストだ」

レヒナー侯爵が喉の奥を鳴らしてくつくつと笑った。

なんて悪趣味な演出だろう。女を繋いで連れてきて見せびらかすなど、品性を疑う。

ギルバートはそこにいるのがヘルムートであると直感的に分かった。会ったことはないが、その振る舞いが何より雄弁に物語っている。

「殿下を呼んでいらっしゃったのですか、驚きました」

ギルバートは平静を装いながら、彼らの姿を観察した。女は誰だろう。緩やかに纏められた髪とカーテン越しに分かる所作は、奴隷ではなくどこかの貴族令嬢のようだが、そうであればあの扱いには違和感がある。

ギルバートはまさかと思いながらも、胸騒ぎが抑えられなかった。

「そうだろう。今や陛下の後継は彼で決まりだと言われているからな。この期を逃すものか」

また葡萄酒を飲んだレヒナー侯爵は、すぐに給仕から新しいグラスを受け取った。随分と酒が好きなのか、それとも気分良く酒が進んでいるのか。

どちらにせよ、酔ってくれるのはギルバートにとっても都合が良い。続けてヘルムートを称賛する言葉を吐き、自慢話を繰り広げるレヒナー侯爵に、ギルバートはしばらく酒を勧め飲ませ続けた。

「さすがでいらっしゃいます。それで——あの女性は誰なのです？」

どうにも落ち着かない。ソファに座るその細身のシルエットが、俯いた角度が、どうしようもなく気にかかる。その感覚は、疑いよりも確信に近かった。

「いや、何という名前だったか……美しい令嬢なのは確かだ。殿下もご満足だろう」

ふふんと鼻を鳴らした侯爵が、明かりの落ちているカーテンの方を見た。

今は向こう側が見えない。

ギルバートはレヒナー侯爵を探るため、どうにかして身体に触れようとその方法を考えた。やはり、確実な方法を取るべきだろう。

「それは良いことですね。ところで――」

ギルバートはわざと耳打ちをする仕草をした。

レヒナー侯爵がそれにつられてギルバートに身体を寄せ、顔を近付ける。酔っているせいか、距離が近かった。この期を逃さず、横に身体をぴたりと付けてレヒナー侯爵の耳に手を当てた。側から見ても、内密な話をしているようにしか見えないだろう。

「あの女性は、隣国の娘なのではないですか？」

気持ちを動かすには感情を揺さぶるのが一番だ。

ギルバートは核心を突く言葉をまっすぐにぶつけた。レヒナー侯爵は動揺したようでぴくりと身体を動かしたが、その程度で顔や態度は変えない。

ギルバートは手を耳から離し、距離は変えないまま左手に持ち替えた葡萄酒をくいと飲んだ。新しいグラスを給仕から二つ受け取り、レヒナー侯爵の空いたグラスと自身のグラスと入れ替える。

「――どこかで何か聞いてきたのか？」

レヒナー侯爵は他に聞こえないようにか、声を落とした。

「そうですね。せっかくですので、ゆっくりと、お話しさせてください」

ギルバートは近い距離のまま、自然にレヒナー侯爵の手首の辺りに指先を触れさせる。話しながら、その記憶の中を探り始めた。


レヒナー侯爵がヘルムートを連れて邸の廊下を歩いている。

『女はどうしている』

『支度は済んでいるようです。よく脅えてくれることでしょう』

レヒナー侯爵は嬉しかった。これからこのエラトスで王となるであろうヘルムートが、こうして自分を頼りにしてくれている。将来は約束されたようなものだ。妹はヘルムートと歳も近いし、第一王妃にできるかもしれない。

長い廊下を抜けて辿り着いた部屋の前で、レヒナー侯爵は鍵を取り出した。がちゃりと大きな音が鳴る。

開けられた扉の先では、女が一人、カーペットの上に頽《くずお》れていた。露出と装飾の多いドレスが、それに似合わない首輪が、儚く俯いている女の頼りなさを際立たせている。

一人きりだった部屋に男達が入ってきたことに気付いたのか、女がはっと顔を上げた。

緊張と恐怖で引き攣《つ》った顔に、透き通った二つの深緑の瞳。不安に揺れるそれは、ギルバートが何より大切で、守りたくて、側に置きたいと願ったものだ。

願わくはいつも笑っていてほしかった。こんな表情など、させたくはなかった。

『ほう、なかなかに良い女ではないか』

ヘルムートがそう言ってにやりと笑う。

『ご満足いただけて光栄でございます』

レヒナー侯爵はヘルムートの反応に満足している。

『誰……誰なの？』

レヒナー侯爵の記憶の中のソフィアは、か細く震えた声をしていた。やっと見つけた誰よりも救いたいソフィアなのに、記憶を覗いているだけのギルバートには手が届かない。

『ほう。怯《おび》えてくれるのか、可愛《かわい》いものだ』

ヘルムートがかつかつと靴を鳴らしてソフィアに近付く。軽く屈《かが》むと、ソフィアの顎を片手で掴んでくいと上向けた。ソフィアは抵抗しようとしているようだが、力が入らないのかされるがままだ。

『貴方《あなた》は――』

ソフィアがはっと目を見開く。

『そう、お前を攫わせたのは私だ。ここまでは楽しい旅だったかい？　エラトスは初めてだろう』

『楽しくなんて……っ』

ソフィアは咄嗟に言い返し、それから何かを思ったのか、じっとヘルムートの目を見つめた。

『……何故《なぜ》私を？』

ソフィアは、自分を攫わせたのがヘルムートだと気付いたのだ。当然、ヘルムートがエラトスの第二王子だとは気付いてはいないだろうが。

ヘルムートはソフィアを馬鹿にするように鼻を鳴らした。

『決まっているだろう。アイオリアの奴ら、戦になればすぐに魔法だ、兵器だと投入してくる。父上の代では負けてばかりだ。全く、愚かとしか言いようがないね。――でも私は違う。ここで一戦でも勝利すれば、私の評価は一気に上がるだろう』

ヘルムートはソフィアの顎から手を離した。

ソフィアがすぐに距離を置こうと後退《あとずさ》るが、ドレスの裾を踏まれて阻まれる。そのまま片手で軽々と押し倒され、両手首を床に縫い付けられた。

『お前、あの黒騎士の妻なんだろう？　どんな厳《いか》つい女かと思っていたら、こんなにか弱い子兎《こうさぎ》だったとは。いやぁ、面白いねぇ。今頃、アイオリアの者達は手を焼いていることだろうよ』

ソフィアの顔が泣きそうに歪んだ。

『エラトス第二王子である私、ヘルムートから王家に直々の警告文を送ってある。黒騎士の妻の命が惜しくば、前線の攻撃を止めるように――とね。返答期限もそろそろだ。もし過ぎてしまったら……そうだな。せっかくの美しい女を殺すのも惜しい。お前も、私の愛人の一人くらいにはしてやろうか？』

ヘルムートの言葉に、ソフィアの目に怒りの色が浮かんだ。

『貴方の愛人になるくらいなら、死んだ方がずっと良いわ……！』

身体は恐怖に震えている。それでもソフィアは、目の前の男を睨《にら》むことを止めなかった。

『――面白い女だ。精々足掻け』

ヘルムートがソフィアを解放した。

緩慢な動作で身体を起こしたソフィアに、今度はレヒナー侯爵が手を掛け、手にしていた細い鎖をソフィアの首輪に括り付けた。鎖の端は魔道具らしい腕輪と共に、ヘルムートに渡される。

ヘルムートが腕輪を左手首につけた。同じ腕輪をソフィアも身につけているようだ。

『さあ行くぞ、パーティの始まりだ。今夜は楽しい夜にしてやろう』

ヘルムートがぐいと鎖を引くと、ソフィアの身体がカーペットの上に転がった。

『おっと、これを忘れていたな』

ヘルムートがにやにやと笑い、左手首の腕輪に触れた。ソフィアはそれからすぐに上体を起こし、両手で庇《かば》うように自身の身体を抱き締めた。

腕輪が魔道具になっている。同じものをソフィアも身につけているのを見るに、おそらくあれで魔道具の効力を調整しているのだろう。よく見ると、つけられている首輪にも回路が刻まれていた。その二つがソフィアの力を奪っているように見える。

『早くしろ。行くぞ』

急《せ》かすようにまたヘルムートに鎖を引かれ、ソフィアは震えながらも立ち上がった。身体の動きがぎこちないのは、長く動きを制限されていたからだろうか。

『殿下、こちらを』

レヒナー侯爵がヘルムートに二つの仮面を渡した。黒の仮面と金の仮面は、ソフィアとヘルムートのために用意されたものだろう。

『ふん、仮面か。……この女の分は不要だ。何せ特別なゲストだからな』

ヘルムートが黒い仮面を床に落とし、踏みつける。繊細な素材で作られたそれは、いとも簡単に割れてしまった。

ソフィアが息を呑む。ヘルムートは自分用の金の仮面を内ポケットに仕舞い、歩き出す。楽しくて仕方がないという顔のヘルムートと興味無さげな視線を向けてきたレヒナー侯爵の後を、ソフィアが重い足を動かしながらついていった。


「——何を……」

ギルバートは頭が真っ白になった。

薄布の向こう、ソファにしなだれかかるように座っている女は、確かに身体に力があまり入っていない。魔道具のせいなのだろう。

そこで鎖に繋がれているのは、間違いなくソフィアだ。一方ヘルムートであろう男はその隣で悠々とグラスを傾けて寛《くつろ》いでいる。

レヒナー侯爵はまだ話し続けていたが、その言葉にギルバートが相槌《あいづち》を打てるはずがない。

今すぐ殺してやりたいほど腹立たしかった。

エラトスを、ヘルムートを、レヒナー侯爵を、そして自分自身を、全て壊してしまいたいくらいに憎らしい。ギルバートと縁続きにならなければ、ソフィアは狙われることもなかったのに。

「殿下は未来の国王だからな。やはり私のような忠実な臣下がいてこそ——」

何が忠実だ。愚かな人間を諫《いさ》めもせず、ただ従っているだけだろう。

ギルバートの異変に気付かないレヒナー侯爵は、まだぺらぺらと無駄に言葉を重ねている。それを聞けば聞くほど、ギルバートの右手首の腕輪が魔力の暴走の気配を察して熱くなっていった。

理性でどうにか堪えようと試みるが、このままでは限界も近そうだ。

ギルバートの脳の奥にいる冷静な自分が警鐘を鳴らしている。

「それは素晴らしいことです。──……知人を見つけましたので、失礼させていただきます」

適当な嘘でどうにかレヒナー侯爵から離れたギルバートは、すぐに会場内を見回した。

ソフィアとヘルムートがいるであろう場所の前は舞踏のスペースになっており、歩いて近付くことは難しそうだ。

ギルバートは早足で移動しながら忙《せわ》しなく周囲を見渡し、壁際でレーネが数人の女達と話しているのを見つけた。迷いない足取りで歩み寄ると、周囲にいた女達がきゃあと黄色い声を上げる。このようなときに行動が楽になるのは、ギルバートがこの容姿に感謝する数少ない機会だ。

「──もう一度踊っていただけますか」

レーネはわざとらしくくすりと笑い、ギルバートの手を取った。

「……ごめんなさい、私、この方と少し──」

また黄色い声が上がって、周囲にいた女達はすぐに散り散りになっていった。

ギルバートはレーネの女のあしらい方に感心する。

「上手いですね」

「そうね、慣れているのよ」

ギルバートはレーネをエスコートして、自然にダンスの輪に加わった。やはり仮面舞踏会らしく、話している人よりも踊っている人の方が多い。紛れるのは簡単だった。

「──それで、貴方のお目当ては何かしら？」

ギルバートは一度目を伏せてから、ちらりと薄布のカーテンに目を向けた。

今日この場にソフィアを連れてきたからには、ヘルムートかレヒナー侯爵は、何らかの方法でソフィアを利用しようとしているのだろう。それは彼女の正体を明らかにしてこの場の興にすることか、またはヘルムート自身がソフィアを思うようにすることか。

いずれにしても、ギルバートには到底許容できることではない。

「確認しました。妻です。貴女《あなた》は巻き込みませんので、どうか近くまでお手伝いを」

「――……良いわ」

レーネは驚きに息を呑《の》んだが、すぐに頷いて次の一歩の方向を変えてくれた。

少しずつ、ダンスの流れの中で目的の方向へと近付いていく。

ほどなくして、ギルバートはカーテンのすぐ前までやってきた。向こう側は薄暗く、中を窺うことはできない。

丁度音楽は盛り上がっている。

「ありがとうございます」

ギルバートはレーネの耳元に顔を寄せ、短く言った。

「成功を祈るわ」

レーネも小声でギルバートに返した。

次の瞬間ギルバートはレーネから手を離し、薄暗いカーテンの向こうへと駆け込んだ。

◇　◇　◇

ソフィアが無理矢理連れてこられた場所は、妙に薄暗い部屋だった。ふかふかの絨毯の上に、豪奢《ごうしゃ》なソファと、サイドテーブルがある。壁の一面は何故か薄いカーテンが下げられていた。

次の瞬間、室内の明かりが弱くなり、カーテンの向こうが明るく見える。

ソフィアはそこに広がる華やかな光景に思わず足を止めた。

「これは……」

「仮面舞踏会だ。今日は良い出し物もある。皆が楽しんでくれるだろうな」

ヘルムートが、にやりと嫌な笑顔を浮かべる。その視線が、ソフィアの身体をねぶるように見た。

ソフィアは咄嗟に逃れようとしたが、鎖に阻まれて叶《かな》わない。

逆らうソフィアに焦《じ》れたヘルムートが、手首の魔道具を操作しソフィアの力を奪う。自由にならず頽れた身体は軽々と持ち上げられ、ソファに移動した。

雑に下ろされたソフィアは、隣に座ったヘルムートから必死で距離をとる。しかし思うように動けない身体では、反対側の肘置きに凭《もた》れるのが精一杯だ。

「舞踏会はこれからだからな。……夜は長い、お前も楽しめるだろう」

「――……っ」

ソフィアは葡萄酒を傾け始めたヘルムートから視線を逸《そ》らし、薄布の向こうに意識を向けた。

どうやら、かなり多くの人がこの仮面舞踏会に参加しているようだ。ソフィア達に気が付いたのか、多くの人が布のこちら側を気にしている。これだけ人がいるならば、誰かに助けを求められないだろうか。

「ははは。心地良い注目だな。まさにこの私に相応《ふさわ》しい。皆、次代を支える者達だ」

ソフィアは上げようとした悲鳴をぐっと呑み込んだ。

ヘルムートの口ぶりから、ここに集められた者は皆ソフィアの敵なのだと思い知らされた。ソフィアが自身の素性を説明し助けを求めたところで、敵国の貴族など、すぐに捕らえられてしまうだろう。ここはアイオリアではない。味方など、誰一人いないのだ。

突きつけられた事実が、ソフィアの喉の奥に貼り付いた。言葉の代わりに、ひゅっと空気が震える音が抜けていく。規則的に明滅する明かりが、恐怖を増幅させる。

「ようやく自分の立場を思い知ったか？　だが、あんまり大人しくてもつまらん」

ヘルムートがソフィアに向かって手を伸ばしてくる。

ぎゅっと目を閉じ、振り絞った力で自身の身体を守るように抱き締めた——そのとき、壁一面のカーテンが不自然に揺れた。

「——何者だ！」

ヘルムートが侵入者の存在に気付いて声を上げる。

ぱきり、ぱきりと何かがひび割れるような音がして、室内の明かりが全て消えた。華やかな仮面舞踏会の様子が、カーテンいっぱいに映し出される。

薄暗い部屋では侵入者の姿はよく見えない。

次の瞬間、ゆらりと光った短剣が、ソフィアの目の前で首輪に繋がる鎖を叩き切った。

同じように光る手首の腕輪に気付き、ソフィアは目を見張る。力の抜けた両腕が、ぽとりと膝に落ちた。身体は震えているのに、さっきまでの恐怖は無い。

これは、魔法だ。

「殿下、どうされました⁉」

護衛らしき騎士達が数人、横にあった扉を開けて入ってきた。男達は短剣を持った侵入者を見つけて剣を抜く。

侵入者は構わず、ソファに座ったままのソフィアの腕に触れ、金の腕輪を外した。何故か自分では外すことができなかったそれは嘘のように簡単に外れ、音も無く床へと落ちていく。

「何者だ。殿下への振る舞い、国家への反逆であるぞ！」

護衛の騎士の恫喝《どうかつ》に、ソフィアはびくりと身体を震わせた。

侵入者が、ソフィアの耳元に顔を寄せる。男の仮面に付いた大きな宝石がきらりと光った。

「ソフィア、すまない」

その声は、ずっと聞きたかったものだった。

「ギル――」

「まだ黙って」

侵入者――ギルバートはソフィアの言葉を遮ると、力の入らない身体を持ち上げた。ソフィアが思うように動けないことを知っているのか、片腕で雑に抱えられながらも痛みは少ない。

くるりと身を翻したギルバートが、会場との間を隔てる大きなカーテンを右手で鷲掴《わしづか》みにした。それを力任せに引くと、上部の留め金が外れていく。繊細な布は千切れ、次の瞬間には一枚の布としてギルバートとソフィアの姿を覆い隠してくれる。

薄布の向こうで、ヘルムートが、怒りを超えて唖然《あぜん》とした顔でこちらを見ていた。

会場は突然露《あら》わになった部屋の様子に騒然となっている。

ギルバートは困惑している人々の間を抜け、勢い良く開けたテラスの窓から外へと飛び出した。窓の外はいくつもの魔道具の明かりで照らされており、邸の敷地内に隠れる場所は無さそうだ。

追っ手の追跡を逃れて庭園を抜ける。

ソフィアは振り落とされないように、力の入らない腕で必死にギルバートに縋《すが》りついた。

短剣と魔法で裏門の警備兵を退けたギルバートは、貴族街の広い道をできるだけ最短距離で抜け、商業地区の裏道へと身を隠した。

華やかな商業地区は、裏道に入れば人気《ひとけ》のない場所や小さい酒屋が多いようだ。

人目につかないそこで、ソフィアはそっと地面に下ろされた。無言のまま、ギルバートが華やかな上着を脱ぐ。裏返して装飾を隠したそれが、ソフィアの肩に掛けられた。一瞬だけ気遣わしげに触れた手に、自身の身体が震えていることに気付く。怖かったのか、肌寒かったのか。自分のことなのに、今何を思えば良いのか分からなかった。

「もう少し耐えてくれ。すまない」

ギルバートが仮面を外して、スラックスのポケットの中に雑に押し込んだ。

先程までよりも優しく、両手でふわりと抱き上げられる。

「ギルバート様……」

そっと名前を呼ぶと、ギルバートが目を細めた。笑うでもなく、悲しむでもなく。その表情は、ソフィアが見たことのないものだった。

返事の代わりに腕の力が強められ、ソフィアは今出る力の精一杯でギルバートの首に腕を回した。

次にギルバートが足を止めたのは、商業地区の端にある小さな林の中だった。ここまで来れば、追っ手に見つかることもないだろう。

ソフィアは木の幹に寄りかからせるように座らされた。やっと地面に身体がついて安心し、同時に目の前で息を乱しているギルバートの姿に気付く。

「――ソフィア、遅くなった」

夜の闇の中でも輝きを失わない銀髪と、ソフィアを見る真摯な瞳。周囲が暗く、いつもの藍色が分からないことが切なかった。それでもその端正な顔も、汗の匂いも、慣れた腕の感触も、大きな身体も、焦がれて仕方なかったギルバートのものだ。

「ギ……ルバート、様」

ソフィアは身体の重さすら厭わず、ゆっくりと持ち上げた右手でギルバートの頬に触れた。ひやりとした感触と内側から伝わる熱が、現実であると教えてくれる。

「良かった、です。夢じゃ……ないんですよね？」

ソフィアはゆっくりと微笑もうとしたが、顔が強張《こわば》って上手く笑えなかった。

ギルバートが頬に触れているソフィアの手に自身の手を重ねて、支えてくれている。どこか夢見心地なソフィアの前で、ギルバートは何かを堪えるようにぐっと両目を閉じた。苦しそうな表情が胸に刺さる。

「夢ではない。夢でなど、あってたまるものか。本当に……無事で、良かった。ソフィア、辛い思いをさせて、すまなかった」

「いいえ……ごめんなさい、ギルバート様。私こそ、ご迷惑をおかけしてしまいました」

ソフィアの謝罪に、ギルバートはすぐに首を振る。

「いや、ソフィアは何も――」

「わ……私、皆様にも、ギルバート様にも、もう、お会いできないと……」

瞬間、涙が溢《あふ》れた。

気を抜いたソフィアの身体は重く、ギルバートの支えなしではこうして触れていることもできないだろう。僅かな繋がりが今のソフィアを繋ぎ止めるたった一つで、離してほしくなかった。

今は少しでも長く、ギルバートに触れていたい。

「だから私……っ」

続けようとした言葉は、突然の抱擁によって阻まれた。

腕を引かれて前のめりになった身体を、ギルバートの胸が支えてくれている。力が入らないソフィアの身体は重いはずなのに、ギルバートは背中にしっかりと両腕を回して抱き留めてくれていた。

「駄目だ。お前は何があっても……誰に何を言われても、私の側にいてくれ。ソフィアを感じない生活が、どれだけ無意味なものだったか」

ギルバートは言い聞かせるような強い口調だ。

「失ってしまうことなど、考えさせないでくれ」

ソフィアの頭はギルバートの肩に凭せかけられていて、その表情は窺えなかった。ただ力強い腕と、確かに感じる温もりと、ソフィアを受け入れてくれる言葉が、まるで春の日差しのように、凍りついた心を融かしていく。

溢れた涙は夜気に冷やされ、冷たくなってギルバートのシャツに染みを作っていった。

「こんな私じゃ……ギルバート様のお側には、相応しくないのかもしれないと……」

「そんなことはない。むしろいてくれなければ、私が困る。それとも今回のことで、もう私の側にはいたくないと思わせてしまっただろうか……？」

はっきりと否定したギルバートは、逆にどこか弱さを含んだ声音でソフィアに問いかける。

ソフィアは慌てて首を振った。

「相応しくないのかもしれないと、思いました。――でも、それでも何があっても……やっぱり私は、ギルバート様のお側でなければ、嫌です……っ！」

力の入らない両手で、ギルバートの服を緩く握った。少しの隙間もなくしてしまいたかった。今は服の生地すら邪魔だと思ってしまう。

触れ合う身体から、どちらのものとも分からない鼓動の音が聞こえる。

「――……ありがとう」

ギルバートが、ソフィアの大好きな甘く優しい声で囁いた。それは耳に擽《くすぐ》ったくて、同時に心をぽかぽかと暖めてくれる。涙は少しずつ止まってきていた。

「すぐそこのアパートメントを借りている。一度戻って、その首輪を外してしまいたい」

「ありがとうございます」

魔道具は解除することも壊すことも、専門の技術が必要だ。手間をかけることは本意ではないが、このままでいては余計に迷惑だろう。ソフィアは素直に礼を言った。

「早く外してしまわなければ、私がソフィアに抱き締めてもらえないだろう」

ソフィアを抱き上げながら、ギルバートが苦笑する。

ソフィアは日常のようなその声にほっと息を吐き、ギルバートに身体を預けた。

「このまま少し休むと良い。どうせ朝までは、こちらも何もできない」

ギルバートにそう言われても、ソフィアは眠るつもりはなかった。しかし規則的な揺れはソフィアをあやすように心地良く、アパートメントに着く頃には、いつぶりかの穏やかな眠りの中に沈んでいた。

5章　令嬢は黒騎士様の宝物

　次にソフィアが目を開けると、朝日とは言えないほど高く昇った太陽の光が窓から差し込んでいた。初めて見る景色に、ここはどこだろうと首を傾《かし》げる。

　状況を把握しようと顔を横に向けると、床に座って、頭だけ寝台に乗せたギルバートが眠っていた。日の光を受けて輝く銀髪がすぐ横にあることに安心して、ソフィアはほっと息を吐く。

「夢じゃなかったのね……」

　ソフィアは昨夜ギルバートに救い出されてすぐに眠ってしまっていた。

　目の前の光景は、あまりにソフィアの願望そのものだった。それを現実だと受け止めると同時に、これまで押し込めていた孤独と恐怖がふわりと解れていく。

　窓際にある椅子には、腕を組んだ姿勢で眠る男がいた。明るい茶色の髪に、ソフィアやギルバートよりも濃い肌色だ。その男の寝顔もまた、疲労の色を覗《のぞ》かせていた。

　ソフィアは上体を起こした。

　あまり広くない室内には、最低限の調度しかない。周囲を見渡して、小さな机の上に二つに割れた金属製の首輪が雑に転がっているのを見つけた。

　ソフィアが右手で首筋に触れると、ずっとつけられていた魔道具の首輪がなくなっている。身体《からだ》の節々は痛むものの、思えば腕も身体も随分と軽く動いた。

　魔道具を壊すのは難しいと、ソフィアでも知っている。核となっている魔石の魔力が暴発する危険があり、不容易に回路を破壊することはできないのだ。だから、回路を解析してからでなければできないはずだ。そしてそれは、そう簡単なことではない。

きっと、二人が外してくれたのだろう。

「――ソフィア、起きていたのか」

いつの間にかギルバートが目を開けていた。

「ギルバート様。助けてくださって、ありがとうございます。ここは……？」

「私が借りているアパートメントだ」

ギルバートがソフィアの手をそっと握る。指先が冷えていた。

「――お身体が冷えていませんか？　あの、寝台を」

「大丈夫だ」

「ですが――」

ソフィアが躊躇《ちゅうちょ》すると、ギルバートは一度立ち上がって寝台に座った。繋《つな》いでいない方の手がソフィアの髪を撫《な》で、流れるように頬に触れる。

「私は大丈夫だ。そんなことより……本当に、無事で良かった。守ってやれなくて、すまなかった」

ギルバートが目を細め、悔しそうに唇を噛《か》んだ。

「私……」

ソフィアは視線を落として俯《うつむ》いた。

それでもギルバートは頬に触れている手を離そうとはしない。触れていても何が分かるわけでもないソフィアから、それでも何かを知ろうとしているかのように、ギルバートはソフィアの瞳を覗き込んでくる。

すぐ近くにある瞳の藍色が、日の光で綺麗《きれい》に見えた。そのすぐ下には、隈ができている。

「どこか痛むか？　医師は呼んでやれないが、何かあれば通信機でアイオリアの医師に聞くことはできる。今日は何も予定は入れていない。――私にできることなら何でもしよう」

心配されているのだと分かって、ソフィアは申し訳ない気持ちが募った。

別に、身体のどこにも怪我《けが》はしていないのだ。ただつけられていた魔道具の影響で、身体を動かし慣れておらず、動くと軋《きし》むように痛むだけ。

しかし無数につけられた心の傷が、優しさで覆われていくのが分かる。ぽかぽかと熱を持っていく身体と心は、ただギルバートを求めていた。

「……何でも、よろしいのですか？」

ソフィアはおずおずと問いかけた。

ギルバートは当然だと言わんばかりに頷《うなず》く。

「では、お願いします。……少しだけ、少しだけで良いんです。あの、ぎゅって……してほしいのですけど――」

ギルバートは目を見張った。ソフィアの頬に触れている指が、ぴくりと動く。ソフィアはやはり言うべきではなかったかと、少し後悔してシーツを握った。

ギルバートが深い溜息《ためいき》を吐《つ》く。

「――……そんなこと、頼まれなくても」

寝台が軋んだ。

隣に座ったギルバートの腕が、ソフィアの身体にゆったりと回される。それは壊れものを扱うように、包み込むような優しい力加減だ。

ソフィアもそっと大きな背中に腕を回す。より近くなった体温に、ほっと息を吐いた。しっかりとその存在を噛み締めるように目を閉じる。瞼《まぶた》の裏側で感じる日の光が、心地良かった。

「ありがとうございます。嬉《うれ》しい、です」

ソフィアが小さく笑うと、ギルバートの肩からも力が抜けたように思えた。それなのに、急にソフィアを抱く腕に力が篭《こも》る。体勢が変わって驚いたソフィアが目を開けると、ギルバートは既に隣に寝そべっていた。

さっきまで座っていたソフィアも、同じように寝具の中に引き込まれている。

同じ部屋で知らない男が眠っているのだ。どうにか離してもらおうと踠《もが》いてみたが、力強い腕はびくともしない。

「あ、あの……」

「——ソフィア、愛している。無事でいてくれて、ありがとう」

ギルバートはそう言うと、ソフィアの身体をしっかりと抱き込んだまま目を閉じてしまった。

先程までソフィアが眠っていた寝具の中はまだ温かく、二人で横になっていると、ギルバートの冷えた身体もすぐに温かくなる。その温度を近くに感じているうち、ソフィアもまたギルバートの香りに包まれて幸福な眠りの中に落ちていた。

「——侯爵は随分幸せそうで、良いことだよ」

二度寝をしたギルバートとソフィアよりも先に目覚めたコンラートが、寝台の上で抱き合って眠る二人を見つけて呆《あき》れている。

柔らかな朝日の中で眠る姿はあまりに穏やかで、コンラートは起こすことができないまま、眠った振りを続けるのだった。


目覚めたソフィアは簡単な状況の説明と共にされたコンラートの自己紹介に慌てて頭を下げたが、構わないと軽く言われ、身支度を整えるよう勧められた。

ソフィアは急いで入浴を済ませ、ギルバートが揃《そろ》えてくれた服に着替えた。

用意されたものはエラトスの一般的な町民の服らしく、スカートの丈は短く、生地も薄い。アイオリアよりも温暖な気候のためだろう。

落ち着かない気持ちでソフィアが居室に戻ると、ギルバートとコンラートは立ったまま話をしていた。足を膝まで晒《さら》している不安は拭えないが、元々エラトスの者であるコンラートは全く気にしていないようだ。ギルバートは買ってきただけあって少し気まずそうだが、それがこの土地の常識だと割り切っているのだろう。

ソフィアは気を取り直してコンラートに向き直り、正式な王族に対する礼をした。

「コンラート殿下、先程は失礼致しました。ギルバート・フォルスターの妻、ソフィアでございます。魔道具を外すのにご協力いただいたとのことで……ありがとうございました」

礼をしたソフィアよりも深く、コンラートが頭を下げた。

「いや。この度は我が国の揉《も》め事で、貴女《あなた》にも、貴女の国にも大変迷惑をかけた。心からお詫《わ》びする」

「あ……頭を上げてくださいっ！」

ソフィアは慌てて首を振る。

「だが、事実貴女は愚弟のせいで辛《つら》い思いを強いられただろう。もっと怒って良いと思うが」

「殿下に怒っても、意味のないことですから」

被害者の一人であるらしいコンラートを責める気にはなれなかった。ましてコンラートは、ソフィアの首輪を外すのにも協力してくれているらしい。

曖昧な笑みを浮かべると、ギルバートがソフィアの右手に触れる。

「――ソフィア、こっちに座れ。本調子ではないだろう」

「ありがとうございます、ギルバート様」

ソフィアは差し伸べられた手を取って、一人掛けのソファに座った。

元々ギルバートが一人で生活するために借りた部屋は狭い。ギルバートが先に寝台に腰掛け、コンラートに机の前の椅子を勧めた。それぞれが少しずつ離れた場所に座っているが、部屋が広くないせいか不思議と落ち着いた一体感がある。

「それで、これからのことだが。そちらは人質を奪還したのだから、もうエラトスに対して攻撃の手を緩める理由はないだろう。好きに攻めてくれて構わないと、マティアス殿にも言ってある」

コンラートが深い溜息を吐いた。

そこに含まれる感情は、強い諦めと失望のようだ。

「私の父も弟も、何度も貴国が友好の手を差し伸べてくれているにも拘《かかわ》らず、その厚意を突っぱねている。今回は特に迷惑をかけた。まさか黒騎士と呼ばれるフォルスター侯爵の奥方を攫《さら》うとは……報復されるとは考えなかったのか、愚かな者達だ。——自国の国力も理解せず、交易の産む利益と戦争の損失すら計算できないとは、情けない」

その諦めは言葉を重ねるにつれて恨み言のようになっていく。

コンラートにとって、ヘルムートは実弟だ。その性格は正反対のようだったが、確かに容姿は似ていたとソフィアは思う。この言葉になるまでに、どれだけの葛藤があったのだろう。

黙っていたギルバートが口を開いた。

「マティアス殿下は——」

「マティアス殿は、攻めの手は緩めるつもりはないが、私と講和の機会を持ちたいと言ってくれているよ。そのようにアイオリア国王を説得すると。本当に……何と言ったら良いか」

「ならばその通りになさってはいかがですか？」

「今回の件は国民にも多くの負担を強いてしまった。私も彼らの計略に嵌り、幽閉され——今更私を王と認めてくれる者が、どれだけいるだろうか」

コンラートの顔に浮かぶのは、自嘲の笑みだ。

ギルバートが何も言えずに息を呑《の》む。コンラートは諦めているのだ。国民の気持ちに誰より寄り添って、今の王家への不信感に共感しているからこそ、全てを手放そうとしている。

ソフィアはそれに気付いて俯いた。しかし戦争の相手国の第一王子を相手に、自分を攫った人の兄に、どう言葉をかけたら良いのだろう。

「だから私にできるのは、どんな手を使ってでも、国民達を安心させることくらいなんだよ。そのためなら、王家などなくなったって構わない」

その言葉を最後に、室内は静寂に包まれる。

コンラートはこの戦争を最後に王家を絶やしてしまうつもりなのだろうか。国民に政治を委ねている共和制の国はいくつもある。しかし、これまで王家が担ってきた政治を突然民衆に明け渡して、果たして上手《うま》くできるものだろうか。

ソフィアには分からなかった。それでも。

「——あの……！　それで、良いのでしょうか」

コンラートが、咄嗟《とっさ》に言い返したソフィアに驚いて目を見開いた。

ソフィア自身、自分の行動に驚いていた。それでも、どうしても納得ができなかった。

「だって、コンラート殿下は何も悪いことをしていなくて、国民のことを一番に考えていて……今までの国王様とヘルムート殿下のしてきたことも分かって、反省していらっしゃるんです。——エラトスの国民にも、きっと、殿下の気持ちは届きます。だから、どうか……どうか、殿下にも、諦めないでほしい、です……！」

ソフィアの精一杯の言葉だった。

コンラートが何かを堪《こら》えるように顔を歪《ゆが》める。

「しかし……」

「コンラート殿下。ソフィアの言う通りかもしれません。なにせアイオリアは、貴方《あなた》と講和をしたいと言っているのですから」

言い淀《よど》むコンラートにギルバートが言葉を重ねた。

それは戦争を終わらせるためであり、同時に国民の生活を守るためでもある。ギルバートとて、エラトスを潰したいわけではないのだろう。

コンラートはしばらく目を伏せ思索にふけっていたが、やがてしっかりと顔を上げた。

「――そう、だな。ありがとう。二人とも、力を貸してくれないか」

力が戻った瞳には、確かに王族の威厳があった。

◇◇◇

「――そうか、コンラートは覚悟を決めたか」

アイオリアの王城の王太子執務室で、マティアスはギルバートからの報告を受けて呟《つぶや》いた。

「では、ギルバートは説得に成功したんですね」

護衛についているアーベルが、マティアスの呟きに相槌《あいづち》を打つ。

マティアスはそれに頷き、通信用の魔道具を机の上に放ってにっと口角を上げた。

「全く、勝手に後継争いに巻き込んで、人質まで取ってくれて……私達も舐《な》められたものだね。これだけされて講和程度で許すはずもあるまい」

マティアスは怒っていた。それは燃えるような怒りではないけれど、静かにずっと心の中に燻《くすぶ》り続けているような怒りだ。

後継争いに自国を巻き込まれたところまではまだ良かった。

他国ならまだしも、エラトスならばやりかねないだろうと思っていた。ヘルムートは現王同様に野心ばかり強い人物だ。第二王子の立場では満足しないだろうことも分かる。攻めてこられても、所詮衰退している王国の部隊程度、アイオリアの訓練された兵士達にとっては大した問題ではない。

マティアスの怒りはそんなことではない。

数少ない友人であり信頼する部下であるギルバートが愛した、ただ一人の妻を攫ったこと。

ソフィアという関係のない一般人を巻き込んだこと。

そして、これまでソフィアを自身の事情に巻き込まないようにと必死で配慮していたギルバートに、きっと最も恐怖していた出来事を味わわせてしまったこと。

一国の王太子として以前に、一人の人間としての怒りが強い。ギルバートが望めば、王族への信頼が壊れかけた王国など、どうとでもしてやろうとまで考えていた。

「殿下」

アーベルが窘《たしな》めるように低い声を出した。

それが面白くて、マティアスも少し肩の力を抜く。

「いや、講和はするよ。何よりギルバートとコンラートが話して決めたことだからね。——だが、少し裏から手を回すくらいなら良いだろう？」

「私は、何も聞いておりませんよ」

アーベルは知らぬ振りで目を逸《そ》らした。

マティアスは手元にいくつかの資料を引き寄せ、ペンを手に取る。

資料は講和の際に使う書状の草稿だ。マティアスは以前から準備していたそれに、いくつかの条文を追加して書き直していく。明日の御前会議で提案するものだ。

予定よりも早くそれを使うときが来たことを内心で喜びながら、マティアスはペンを走らせた。

◇　◇　◇

翌日も、ギルバートはエラトスの王城でジルとして郵便を運んでいた。最も大きな心配が解消されたことで、今日は完璧な仮面を被《かぶ》ることができる。

「カミルさん、お疲れ様です」

ギルバートは害の無さそうな笑みを浮かべ、廊下で見かけた背中に声をかけた。

呼び止められたカミルは、足を止めて振り返る。その両手には、これ以上どう積めば良いか分からないくらいの書類が抱えられていた。

「ああ、ジルか。お疲れ」

「……カミルさん!?　それ、一人じゃ無理です！　外務の部屋までですよね、俺、手伝いますよ」

ギルバートは手に持っていた次に運ぶ予定の手紙を肩掛け鞄《かばん》に戻し、カミルが持っていた書類の上半分をがさりと手に取った。

「何ですかこの書類の山……」

「いや。今、外務は大騒ぎでさ。上司も先輩も手が離せないんだと。頼まれたは良いけど困ってたんだ、助かったよ」

ははっと軽く笑っているが、その表情にはらしくなく生気がない。

ギルバートは周囲を見て誰もいないことを確認してから、カミルに近付き声を落とした。

「また『殿下』絡みですか」

「――ここだけにしてくれよ。今度は気に入りの女が逃げ出したらしい。そんなこと俺は知ったこっちゃないけど、その子は良くやったと思うよ。ただ、お陰で機嫌が悪くて悪くて……自室に引き篭ってるんだってよ。こっちは大迷惑だ」

カミルが不機嫌そうに顔を顰《しか》める。ギルバートは眉を下げ、同情している表情で言葉を重ねた。

「それは……今、ただでさえ外務はお忙しいでしょう」

隣国であるアイオリアと戦争をしているのだ。忙しくないはずがない。ましてヘルムートが勝手にやらかしたらしい人質騒ぎと、それまで止んでいたアイオリアからの攻撃の再開、一度はエラトスが破壊した防御壁の再構築。そして他国への説明。仕事はいくらでも想像できる。

ギルバートの相槌に、カミルは力一杯頷いた。

「そうなんだよ！　それなのにあいつら、どうにかしろしか言わないし。どうにかってなんだよって思うだろ？」

ギルバートは書類を左手に抱え、右手でカミルの肩をぽんぽんと宥《なだ》めるように叩《たた》いた。

カミルがギルバートの手を掴《つか》んで止める。

「なんだ、励ましてくれんのかよ。――ああ、先輩がみんなジルみたいなら良かったのにな」

「それでは仕事にならないのではないですか？」

「はは、違いない」

触れて確認したところ、カミルの言っていることは本当だった。

まだ皆は知らないだろうが、更に数日後にはアイオリアから講和の申し出があるはずだ。カミルはより忙しくなる。

ギルバートは外務の部屋の前まで書類を運び、カミルと別れた。

先程カミルと触れたとき、従僕も誰もおらず、鍵のかかったヘルムートの執務室の入口が見えた。おそらく仕事で立ち寄ったのだろう。

もし今も誰もいないのならば、この上ない好機だ。ギルバートは鞄の中を確認してヘルムート宛ての書状を取り出し、執務室へと向かった。

ヘルムートの執務室は、本当に無人のようだった。

罠が無いことを確認してから、針金で鍵を開ける。邪魔が入らないよう、中に入ってすぐに内側から鍵をかけ直した。

「――無駄に豪華だな」

室内は精緻な金細工の装飾がついた調度が多く、これで落ち着くのかと疑問に思う。そして、執務室なのに立派な寝台があるのはどういうことか。

「これは、仕事をする場所ではないだろう」

ギルバートは呆れながら奥の執務机の抽斗《ひきだし》に手をかけた。ギルバートならば、大切なものは執務机の鍵付きの抽斗にしまっておく。それでなくても、重要な書類は執務机にあるだろう。

しかし抽斗の中は、およそ国王代理をしているとは思えないほどさっぱりと綺麗に片付いていた。

当然仕事が無いわけがない。その分は、部下がこなしているのだろう。

「――これでは、官吏も大変だな」

呟いて、カミルの忙しそうな様子を思い出した。ヘルムートの怠慢が宰相に、それが各大臣に、そしてカミル達にまで、皺《しわ》寄せとなっているのだろう。

やはりヘルムートに国王になられてしまっては困る。

ギルバートは引き続き目的のものを探した。本棚に細工がないか確認し、気になるものを確かめる。

更に寝台横のチェストへと移ったところで、目ぼしいものは全て見つかった。

鍵がついていないチェストの抽斗の中に放り込まれていたのは、明らかに怪しい小瓶だった。魔法で確認すると、それは確かに毒薬だ。直接触れないように気を付けながら、他にも証拠となりそうなものをポケットに詰め込んでいく。

「隠す気があるのか……まあ、お陰で証拠は揃った」

ギルバートはできるだけそこにいた痕跡を残さないよう気を付けながら部屋を後にした。

◇　◇　◇

「おかえりなさいませ、ギルバート様」

ソフィアは読み途中だった本を置き、アパートメントに帰ってきたギルバートを笑顔で出迎えた。

ギルバートが一人でエラトスの王城内に潜入していると聞いたときは心配だったが、不安に思うことがギルバートを信頼していないことになると思い直し、せめて笑顔で出迎えることにした。

ソフィアはギルバートの上着を預かり、ハンガーに掛ける。

「ただいま、ソフィア。コンラート殿下、ただいま戻りました」

「おかえり、ジル」

コンラートが通信用の魔道具を片手に、ひらひらと手を振った。

コンラートはよくその魔道具を使っている。ソフィアが相手を聞くと、相手はマティアスかアイオリア国王だと言われた。以来、畏れ多くてその話題には触れていない。

「どなたとお話しですか？」

「殿下だよ。何か報告があるかい？」

「少し使わせていただければと」

ギルバートが話しながら次々と着替えを済ませていく。途中からソフィアは手伝いを止め、露《あら》わにされていく身体から視線を逸らした。

「――はい。いつも借りていてすまないね」

「いえ、構いません」

着替えを終えたギルバートが魔道具を受け取って、空いていたソファに腰を下ろす。

「何かあったのか？」

「証拠を掴みました。いつでも動けます」

ギルバートが手を止めずに口角を上げると、コンラートは驚いたように目を見開いた。

「もう？　まだ一日しか経《た》っていないが……」

「ヘルムート殿下は気に入りの娘に逃げ出されて、自室に引き篭っていらっしゃるようです」

ギルバートがちらりとソフィアに目を向ける。

ソフィアの心臓がどきりと嫌な音を立てた。

「――私の宝を勝手に盗み出したのですから、相応の対価は払っていただきましょう」

コンラートが苦笑した。

ソフィアには、ギルバートの瞳の藍色が氷のように冷えた色を湛《たた》えているように見えた。それは怒りか、悲しみか。不安になって、おずおずと名前を呼ぶ。

「ギ……ギルバート様？」

「ソフィア、どうした？」

次の瞬間には、ギルバートの瞳は穏やかで優しいソフィアの好きな色に戻っていた。

ソフィアの不安に気付いたのか、ギルバートは立ち上がってソフィアの側《そば》に歩み寄り、ぽんぽんと頭を撫でてくれる。ソフィアはほっとして、詰めていた息を吐いた。

「いえ、何でもありません」

ギルバートの甘い仕草に、ソフィアは緩く笑った。

それを確認したギルバートが、またコンラートに向き直る。

「マティアス殿下に報告させていただきました。明後日、アイオリアの使者が王城に講和文書をお届けします」

「早いな」

「一昨日の夜から動いておりましたので。私はアイオリアの代表として交渉権を行使させていただきます。殿下には、ご一緒いただきまして――」

ギルバートの言葉を、コンラートが片手を上げて遮った。

「いや、むしろ私から頼みたい。私は強くない。一人では王太子の座すら取り返せない弱い王族だ。――だが、この国を大切に思う気持ちには自信がある。貴国に今後一切の迷惑をかけないと誓おう。

だからどうか……エラトスの未来に力を貸してほしい」

コンラートが頭を下げる。ギルバートがそれを静かな表情で見ていた。

「今後一切私のものに手を出さないとお約束いただけるのならば、私は殿下を次期王に推しましょう」

「ああ、約束しよう。フォルスター侯爵、貴殿の大切なものを、今後私達は一切傷付けない。国も人も物も全て、だ」

ギルバートを見るコンラートの瞳には力が溢れていた。

ギルバートが小さく頷く。

「信じます。殿下に国王になっていただかねば困るのは、こちらも同じです」

コンラートがギルバートに右手を伸ばし握手を求めた。ギルバートがそれに応えて手を握る。

「──ソフィア。明後日、私達は決着をつける。ここに一人残すのは不安だ。私が必ず守るから、共に……来てくれるか」

握手の手を離し、ギルバートがソフィアに問いかけた。

ソフィアはその問いに微笑《ほほえ》みで返す。今更、そんな心配なんて無用だった。

「はい、勿論《もちろん》です。どうか私も、お二人と共に行かせてください」

攫われた先で一人ギルバートを信じていた日々と比べると、不安は少ない。危険なのは理解しているけれど、一人ではないということが、力をくれる。ギルバートと一緒ならば、大丈夫だと思えた。

ソフィアはギルバートの右手を両手でぎゅっと握った。ソフィアに力は無いけれど、弱いだけではないのだと伝えたい。

ギルバートが包むようにソフィアの手を握り返して、頬に触れるだけの口付けを落とした。

アイオリアからの使者は、それから二日後、朝早くにアパートメントにやってきた。

「ソフィア嬢、久しぶりー！」

「……ケ、ケヴィンさん⁉」

ソフィアは部屋に入るなり満面の笑顔で手を振る男に驚いた。

ギルバートとコンラートは、ソフィアより少し後ろ、話し合いをしていたところで、顔だけ扉の方に向けて固まっている。

「俺もいますよ。ケヴィン、そんなに先を急ぐな」

「ごめんごめん。無事だって聞いてたけど、心配だったからつい」

ケヴィンが眉を下げた。少し遅れて入ってきた男が、扉の鍵を閉めて嘆息する。

ソフィアは久しぶりに会うその男に、ぱっと表情を明るくした。

「トビアスさん！　お久しぶりです。あの……お疲れ様です」

「ああ、ソフィア嬢。お久しぶりです。今回は巻き込んでしまった形になって、申し訳ありません」

「あ、いえ。私が迂闊《うかつ》だったので……ご迷惑をおかけしました」

トビアスの丁寧な挨拶と礼に、ソフィアも同じように返す。話している間に、ギルバートが防音魔法を室内に張った。

「ケヴィンとトビアスか……お前達、講和文書はどうした」

「勿論持ってきてますよー。はい、こちらです」

ケヴィンが上等な金属製の筒を取り出した。王家の紋が入った銀色のそれは、窓から差し込む光で艶やかに輝いている。

「副隊長を代表として、俺達三人で使者として行動するように、と。先に送っている予定の通りで構わないそうですよ」

「……分かった。陛下はこの機に殿下と私の適性も見るつもりか」

使者と聞いて、もっと年配の貴族がやってくるのだと思っていたソフィアは驚いた。しかし思い返してみれば、ギルバートは侯爵で、かつ王太子であるマティアスの側近の一人でもある。ケヴィンとトビアスも第二小隊の優秀な騎士である。

ソフィアは言葉を呑み込み、話の続きに耳を傾けた。

「我が国の問題に巻き込んで申し訳なかった。二人にもお詫び申し上げる」

コンラートがケヴィンとトビアスに向かって言う。

ケヴィンがその立場に気付いたのか、慌てて数歩後退《あとずさ》った。

「第一王子殿下でいらっしゃいますか」

「ああ、そうだ。此度は迷惑をかけるが、よろしく頼む」

「勿論です！」

「こちらこそよろしくお願いします、王子殿下」

ケヴィンとトビアスが頷く。ギルバートも安心したように表情を少し和らげた。

これから王城に向かうことが決まり、ソフィアは着替えをすることになった。ケヴィンがカリーナから色々と預かってきてくれていた。

「カリーナは、無事ですか？」

「うん。ソフィア嬢の帰り、待ってるって」

きっと、とても心配をかけてしまっただろう。全部終わらせて帰ったら、いっぱい話をしたいと、ソフィアは思った。

髪を結ってくれたのはトビアスだ。トビアスには妹がいて、実家では世話を焼いていたらしい。それから、カリーナに教わっていた通りに簡単に化粧を済ませる。

最後にドレスに着替え、揃いの靴を履いた。用意されたドレスは銀のような輝きのある白藍色だ。一人でも着られるように、前をパールのボタンで留め、腰をシフォンの大きな藍色のリボンで引き締める作りになっている。リボンは、トビアスが綺麗に結んでくれた。

上品で大人らしいドレスは、ギルバートの色だ。自然と背筋はしっかりと伸び、侯爵夫人らしくあろうと顔も上がる。

「――うん。そうか、これがフォルスター侯爵夫人、か」

コンラートがソフィアの姿を見て、感心したように言った。

コンラートも着替えが済んだようだ。ギルバートが用意した服は、エラトスの王族のものだった。仕立てがぴったりなのを見ると、コンラートの物だと分かる。おそらく、王城から持ってきたのだろう。王族然とした衣装に身を包むと、やはりその生まれ持ったものだろうオーラに圧倒されそうになる。

ソフィアは僅かに引き攣った頬を隠すように微笑んだ。

「殿下もお似合いです」

「ソフィア、支度はできたか？」

「はい。お待たせ致しました、ギルバート様」

ギルバートはソフィアと揃いの白藍色の正装に身を包んでいた。小物は深い青で、飾りの刺繍糸《ししゅう》は銀色だ。腰に挿した剣は丁寧に磨き抜かれており、鞘《さや》の装飾が輝いている。国の使者として王城に向かうことを意識してか、さっぱりとした装いは上品で美しい。

ソフィアがその姿から目を離せずにいると、ギルバートは満足げに笑ってソフィアの髪を崩さないように緩く撫でた。

「やはりソフィアは綺麗だ」

ギルバートが、着飾ったソフィアを愛《め》でるように撫で続ける。

揃いの制服に身を包んだケヴィンとトビアスが、苦笑して顔を見合わせた。

「あ……ありがとうございます」

「今日は私から離れるな。ヘルムート殿下とは、本当は会わせたくないが――」

「大丈夫です、ギルバート様。お側にいてくだされば……私は、きっと強くいられますから」

強がりではなく本心だった。

ソフィアとて、フォルスター侯爵邸でギルバートを待つ日々を無意味に過ごしていたわけではない。支えになるよう、知識も礼儀も鍛えることを怠っていなかった。

それはギルバートと共にこの先も歩んでいくための、ソフィアの覚悟の証《あかし》でもあった。努力は自信に繋がり、度胸になるのだ。

「ありがとう、ソフィア。――私もお前を信じている」

ギルバートがソフィアの髪から手を離し、姿勢を正した。

アパートメントの中は、その場に似つかわしくない華やかな服で溢れ、なかなかに狭く見える。

「行こう。こんな茶番、さっさと終わらせてしまおう」

ギルバートが声を固くしてケヴィンとトビアスに言うと、二人も表情を引き締めた。

アパートメントから少し離れた裏路地に馬車は停めてあった。ケヴィンとトビアスが用意したアイオリア王国の王城所有の公式馬車は六人乗りで、速さよりも頑丈さと安全を重視したものだ。ギルバートが魔法を使うと、それまで隠されていた国章が露わになる。

護衛にあたる兵士達も待機しており、ギルバートの姿を認めると敬礼をした。

五人は馬車に乗り込み、早速エラトスの王城へと向かった。

王城前の広場は、突然現れたアイオリア王国の紋章入りの馬車に騒然となった。

六人乗りの馬車は作りは頑丈だが見た目にも上質なのが分かる。護衛の人数からしても、高位の者が乗っているのは明らかだった。

馬車は正門で番兵に止められた。しばらく護衛が番兵と話していたが、番兵は顔を青くして転がるように王城の方へと走っていく。やがて番兵が戻ってきて、馬車は奥にある主塔へと繋がる馬車止めへと通された。

馬車を降りてすぐに城内奥に繋がる入口は、王族と賓客にしか使うことを許されていない。

先に降りたケヴィンとトビアスが周囲に注意を払っている。

「ソフィア、手を」

ギルバートが差し出した手を頼りに、ソフィアは馬車を降りた。

コンラートも続いて降りる。

彫刻が施された扉を抜けた先は、そのまま城内の回廊へと繋がっていた。使用人について先へ進むと、仕事をしていたらしい人々がソフィア達を見て足を止め、頭を下げる。皆慌てているようだ。ここにいるはずのないコンラートが、アイオリアの使者達と共にいるのだから当然だろう。

ソフィアはギルバートのエスコートに身を任せ、意識して前だけを向いた。今のソフィアはギルバートの妻であり、同時にアイオリア王国からの使者の一人でもあるのだ。たとえこれから会うのが顔も見たくない相手であったとしても、軟禁されていた恐怖が消えていなかったとしても、弱音を吐くわけにはいかない。

案内されたのは謁見室だった。部屋の隅には等間隔に騎士が立ち並び、部屋の最も奥、上座にある場所に王が座る玉座が置かれている。

ソフィア達は、その中央まで歩を進めた。ギルバートとソフィアを中心に、少し後ろにコンラートが、左右にケヴィンとトビアスが並ぶ。

「――随分物々しいな」

トビアスが囁《ささや》いた。

ギルバートが小さく頷く。戦争中の敵国からの使者とはいえ、五人に対しての人数とは思えない。

「これは……少し面倒なことになりそうだ」

溜息を吐いたギルバートの顔には何の表情も浮かんでいなかった。

ソフィアは正面の玉座を見る。その椅子は金縁で、座面には深紅の布が張られていた。

そのとき、前方の大きな扉が開いた。かつかつと響く足音と共に、ヘルムートが入ってくる。ちらりとこちらに向けた視線が、すぐにコンラートを捕らえた。瞬間、その表情がぐしゃりと憎悪に歪む。

「コンラート、何故貴様が此奴《こやつ》らと共に来た」

「縁があってね。私も、もう少し未来を見ようと思って」

コンラートはヘルムートの怒りを意に介さず、淡々と言った。

「そんなことよりも、一応ここは外交の席だ。私になんて、構っていてはいけないだろう」

コンラートのある意味では真っ当な指摘に、ヘルムートはふんと顔を背けた。玉座に向かう足音が、感情のままに煩《うるさ》く鳴る。

「これはこれは、はるばる我が国までよくいらした。王族相手に先触れもなく来るとは、アイオリアは使者の躾《しつけ》もできていないのか？」

ヘルムートは話しながら、玉座に座った。脚を組み片肘をつき、苛々《いらいら》と指で肘掛けをこつこつ叩く。その尊大な振る舞いと言葉は、まだ王でも王太子でもないが、王たろうとしているためだろうか。

ソフィアが怯《おび》えていたはずのそれは、ギルバートの隣からだと酷《ひど》く空虚なものに見えた。

「失礼致しました、ヘルムート殿下。何ぶん妻が攫われまして、こちらも余裕が無かったものですから」

ギルバートが微笑みながら言う。しかしその目は笑っておらず、ひたとヘルムートを見据えていた。

ヘルムートは今になってソフィアに気付いたようで、驚きに目を見開く。

「お前は――」

ギルバートが微笑みを消して、ヘルムートを睨みつけた。

「私はアイオリア王国国王より遣わされました、ギルバート・フォルスターでございます。お久しぶりです、ヘルムート殿下」

「ギルバート・フォルスター……侯爵。本人か？」

「はい。本日は我が国の国王より、講和文書を預かって参り――」

「講和だと！　私は白旗を掲げてなどいないぞ⁉」

突然激昂《げきこう》したヘルムートが、肘をついていない方の手で玉座の肘掛けをばんと叩く。大きく鳴った音に、ソフィアは思わず肩を震わせた。

「この戦争が無謀であることなど、貴方はもうご存知でしょう。国民達も疲弊し、もう戦争によって得るものは何もありません」

「……何を言っているのだ！　私はまもなく王となる男だぞ。戦争になど負けるはずがない！」

ヘルムートの眉間の皺がどんどん深くなっていく。身を乗り出す姿は、玉座の雰囲気と全く似合っていない。それでも今、ヘルムートは自身がこの場の支配者であることを疑っていないようだった。

硬直した場面になって一歩前に出たのは、コンラートだった。

「――ヘルムート、もう止めるんだ」

その声は朗々と謁見室に響き渡る。

「王になりたいのなら、他国よりもまず自国をよく見ろ。この国の民の命は、王族たる私達にかかっている。その自覚を――」

「煩い煩い煩いっ!!　そもそも、貴様は地下牢《ろう》に幽閉していたのに、どうしてアイオリアの奴等と一緒にいるんだ。それこそ売国奴の――……いや、そうか。罪人とそれを連れ出したアイオリアのスパイ、という筋書きも悪くないな」
ヘルムートが興奮し真っ赤になった顔で立ち上がった。

「皆の者、此奴らを捕えよ。生死は問わん!!」

周囲に立ち並んでいた騎士達が、腰の剣を抜く。金属が擦れる甲高い音が重なった。ケヴィンとトビアスがほぼ同時に剣を抜く。

ソフィアは聞き慣れない音と戦いの雰囲気に、ギルバートの腕に添えていた手に思わず力を入れた。

現状、ギルバート達は明らかに人数で不利である。周囲を囲んでいるのは、訓練されているエラトスの騎士や兵士だ。

コンラートがゆるゆると首を左右に振った。

「これ以上罪を重ねることはないだろう」

「罪人はお前だ、コンラート！」

コンラートの言葉はヘルムートの耳には届かない。じりじりと騎士達が距離を詰めてくる。五人はすっかり騎士達に囲まれ、逃げ場も無くなった。

ソフィアの強張《こわば》った手を、ギルバートが解く。その手が剣の柄《つか》に添えられる。

ギルバートが周囲を見渡し、その一人に目を留めた。それから、緊迫した状況に反し淡々とした口調でギルバートが語りかけた。

「これが……これが、騎士のすることか？　騎士とは弱い者を守るのだろう。その剣は、何を守るために振るうのだ」

男が、動揺したように僅かに剣を下げた。

「――……なあ、ルッツ。どうなんだ!!」

ルッツと呼ばれた男は、ぴしりと身体を硬直させた。

ギルバートはその綻びを見逃さず一気に距離を詰め、男の腕を思い切り引く。右腕の腕輪が眩《まばゆ》い光を放った。

瞬間、キンと周囲の空気が冷えたような感覚があった。同時にヘルムートの声も、騎士達の靴音も、ソフィア達の周囲の音が全て消える。

ソフィアは初めての感覚に戸惑った。

ケヴィンとトビアスは慣れた様子で少し緊張を緩める。コンラートは興味深げに周囲を見渡しており、ソフィアとルッツと呼ばれた男だけが、状況が分からずに困惑している。

「ああ、ソフィア嬢。これは簡易の魔法防壁だよ、安心してね。副隊長、防音も重ねがけしてるかー」

ケヴィンがソフィアの様子に気付いて教えてくれた。

ギルバートが先程使った魔法だろう。トビアスも頷き、剣は下ろさないまでも少し肩の力を抜いたようだ。防壁の外の騎士達は、そこにある見えない壁に阻まれてそれ以上近付くことができないでいる。

魔法防壁の中に引き入れられたルッツは、何が起きているのか理解できていないようだった。

「お前はそれで良いのか、ルッツ」

ギルバートが正面からルッツを見る。

「え……あ？」

ギルバートが嘆息する。

「……顔は同じだと思うんだが」

そう言う表情は、どこか残念そうにも見えた。

ルッツはまじまじと観察するようにギルバートを見る。しばらくして、驚きに目を見開いた。

「ジル⁉」

ルッツは呼んだ後も、確認をするかのようにギルバートを見ている。ルッツが呼んだギルバートの偽名に、コンラートが思わずといったように笑い声を上げた。

「ああ、あれは分からないな。なにせ、髪の色も肌の色も、声すら違うのだから」

ルッツは親しげに笑うコンラートに驚き、思い切り身を引いた。

ソフィアはルッツに同情し、思わず口を開く。

「……殿下、ルッツ様が驚いていらっしゃいます」

「そうか。すまなかったな」

コンラートはすぐに謝罪した。

無言になったその隙間を埋めたのはギルバートだ。

「――ルッツ。お前はその目で何を見、何を選ぶ。変わる権力や時流に阿《おもね》って剣を振るうのが、お前の騎士道か？　そんなもので、一体何を守ろうと言うのか」

「お、俺は……」

「お前が守りたいものは何だ」

ルッツが答えに窮して俯いた。

瞬間、ギルバートが魔法防壁の防音だけを取り去る。ソフィア達の耳に、それまで聞こえていなかった防壁の外の音が聞こえてきた。

「何をしている⁉　貴様ら、こんな壁一枚破れぬのか。これっぽっちの人数、さっさと捕らえてしまえ」

「しかし、殿下……」

「私に歯向かうのか？　そんな命知らずがいたとは知らなかったな」

不機嫌になっていくヘルムートと、弱気な騎士達。

「おい、お前。魔法使えただろう。さっさとこれどうにかしろよ」

「無理だ、魔力も練度も違い過ぎる」

「剣じゃどうにも……」

「ええい、さっさとしろ！」

癇癪《かんしゃく》を起こしたヘルムートの声が一際大きく聞こえる。その声は、ソフィアに否応なく捕らえられていたときを思い出させた。

恐ろしかった。大きな声、怒り声。そう言ったものに、随分長い間触れていなかったような気がする。

反射で身体を震わせたソフィアに、ルッツの目が向けられた。

「あ……」

思わずといったように漏れたその声が、言葉にならない感情を物語っているようだった。

「――ヘルムート、いい加減にしろ」

コンラートが怒りをはらんだ声で静かに言い捨てる。

ギルバートが警戒を強めるように、励ますようにソフィアの腕に触れた。

「証拠なら既にこちらの手の内だ。父上に盛った毒、私に罪を着せたメイド、侯爵夫人誘拐の共犯者、計画書……全て揃っているよ。それでもなお、お前はこんなことを続けるのか」

周囲にいる騎士達が困惑の表情を見せる。彼等の剣に、迷いが生まれた。それは急速に人から人へと伝わっていく。

騒《ざわ》めきの中、ルッツが顔を上げた。

「俺は……俺は。この国を守りたくて、正しい道を歩んでいたくて、この道を選んだんだ。だから、自分が正しいと思う方に進むよ」

ルッツはそれまで下げていた剣を上げ、まっすぐにその先をヘルムートに向けた。

ヘルムートが、寝返ったルッツに怒気を強める。

「証拠だと？　そんなもの、この場で取り上げてしまえば誰も知らないままさ。良いか、あの男の魔力だって無限ではない。そのうちこの防壁も消えるだろう。その隙にこいつらを捕らえ、一網打尽にするのだ。功労者には褒賞を与える。我が国に剣を向ける異国民を許すな！」

異国民と呼ばれた中には、当然ルッツも入っているだろう。しかしルッツはその剣を下ろさない。

それどころか、震える声でギルバートに話しかけた。

「ジル。俺、信じるからな。お前のことも、殿下のことも」

「ああ」

短い返事の後、ギルバートはソフィアに視線を向ける。その藍色が、正面からソフィアの目を覗き込んだ。

「――ソフィア、何があっても、殿下と共にこの場を離れるな。私を信じろ」

ギルバートの自信に満ちた言葉に、ソフィアは少しの迷いも無く頷いた。

「はい」

ソフィアの言葉を合図に、ギルバートが剣を抜いた。

ケヴィンとトビアスが目線を変えないまま小さく頷き、防壁の外側へと駆け出す。ギルバートも遅れを取らず、アイオリア王国騎士団の証である銀色の剣を振るった。

◇◇◇

駆け出したギルバートは、周囲の騎士達と剣を重ねた。

ソフィアとコンラートの周囲には魔法防壁を維持している。二人はそこにいれば大丈夫だろう。戦いの合間にちらりと目をやると、ソフィアは見慣れない真剣での斬り合いから目を離せないようだった。

あまりソフィアに見せたいものではなかった。これ以上怯えさせる前に、さっさと終わらせてしまいたい。

ケヴィンがその身軽さで軽々と身を翻しながら攻撃を避けては攻めを繰り返している。トビアスはこちらを殺すつもりで正面から斬りかかってくる騎士達を順にいなしていた。

「何をしている。これっぽっちの人数、さっさと片付けろ！」

ヘルムートがまだ玉座で声を荒らげている。

ギルバートはそれを見て目を細めた。どうにも気分が悪い。その傍若無人な態度と、仕える者達の扱いに腹が立った。

上に立つということは、何でも思い通りにできるということではない。

「ケヴィン、トビアス。——任せた」

「了解っ！」

「分かりました」

ケヴィンとトビアスの返事を背中で受け止めて、ギルバートはヘルムートを見据えた。

こんな男に国が治められるはずがない。万一ヘルムートが王になっても、すぐに破綻するのは明らかだ。

エラトスが自滅したとしても、アイオリアは痛くも痒《かゆ》くもない。

それでもギルバートは許せなかった。

それは側に仕えてきた自国の王太子であるマティアスの努力と苦労を見ているからであり、同時に、侯爵でありアイオリア王国近衛騎士団第二小隊副隊長である自身への戒めでもある。部下や使用人が何でも従うからといって、何をさせても良いというわけではないのだ。

「下の者の気持ちを無視して……犯罪紛いなことをさせ、なにが王だ」

ヘルムートがソフィアを誘拐する指示をしたことを、ギルバートは許せない。邪魔する騎士達を剣で退けながら、ギルバートはただヘルムートだけを見ていた。

あっという間にギルバートとヘルムートの間には誰もいなくなり、正面にその姿を捉えることができた。

ヘルムートはここにきて危機を察したのか、玉座から降りて逃げるように背を向けた。

ギルバートが玉座の前の階段を駆け上がって詰め寄ると、ヘルムートは足を滑らせて尻餅をつく。

ヘルムートが腰に携えている立派な剣は、どうやら飾りだったようだ。装飾品が床にぶつかり、がしゃんと派手な音がした。

それでも必死の形相で後退るヘルムートを壁際まで追い詰め、ギルバートはその首筋に剣を当てた。

「——ひいっ」

喉の奥から情けない声が漏れる。

「何をした」

ギルバートは右手に持った剣を動かさないまま上体を屈め、左手でヘルムートの頭を鷲掴《わしづか》みにして壁に縫い止めた。

より行動が制限されたヘルムートが、悔しそうに歯を食いしばる。触れている頭から、その記憶がギルバートの脳内に映し出された。


コンラートへの歪んだ感情、エラトスの現国王への不満、過剰な自信と自己顕示欲。

それらはあまり見ていて気持ちの良いものではない。断片的なそれらの記憶と感情は、深いところで繋がっている。

『何故、兄上は遊んでくださらないのですか』

『コンラート殿下はお忙しいのです。我儘《わがまま》を仰《おっしゃ》らないでください』

『僕は？』

『ヘルムート殿下は、これから私と文字のお勉強ですよ』

子供時代のヘルムートは、四歳年上で何でもできるコンラートをヒーローのように思っていた。憧れていた、と言って良い。たまに遊んでくれるときはいつも優しく、ヘルムートを満足させてくれた。

コンラートは幼い頃から賢く、次期王にと多くの者から望まれていた。それを弟であるヘルムートも誇らしく思っていたのだ。

いつからだろう、いつかくる賢王の治世を恐れた者達が、ヘルムートを次期王にしようと画策するようになった。周囲から煽《おだ》てられ、持ち上げられたヘルムートは、少しずつ会える時間が減っていた実の兄を疎むようになっていく。

そうして刷り込まれた思想が、アイオリアに対する立場の差で表面化した。

『兄上、何故兄上はアイオリア王国と友好関係を築こうとするのです』

『この国に足りないものが、アイオリアにはある。それを学ぶ機会となるならば、国同士の協力関係を結ぶことには意義があるだろう』

『ですが、父上もそのようなことは言っておりません！』

『――父上は、ただ強者でありたいだけだ。ヘルムート、お前はしっかり考えると良いよ』

考えろと言われても、ヘルムートの周囲の者達は戦争で得るものがあると言う。コンラートは日和見主義なのだと言う。

考えることを否定するような彼らの言葉に、ヘルムートはどうして良いか分からず困惑していた。

はっきりとした意思を持ったのは、五年前にエラトスから仕掛けた戦争のときだった。国民と国費の多くを投入し、国策として打ち出した戦争は、アイオリア王国の圧勝で幕を閉じた。

ヘルムートは第二王子として戦場に行き、前線にいたギルバートの姿を見た。

ギルバートは全く表情を変えないまま、他の魔法騎士達と共に膨大な魔力を惜しげもなく使って戦場を歩いていた。魔法防壁を張り、エラトス側の兵士や徴兵された民衆達の武器を破壊し、水を呼び沼地を作り出した。

そうして地の利があったはずのエラトス軍は戦意を喪失させられて簡単に押し負け、残ったのは多くの負債と、敗戦国という烙印《らくいん》だけだった。

アイオリアに勝てば、認められる。

そうして王になれば、皆が喜んでくれるだろう。

ヘルムートの中で歪んだ現実は、弱い国王への恨みとコンラートへの嫉妬という形で表出した。国王に毒を盛り、コンラートにその罪を擦《なす》りつける。

そうして手に入れた擬似王位を利用し、アイオリア王国に戦争を仕掛けたのだ。

勝ってしまえば誰も文句は言えないだろうと、黒騎士と呼ばれたギルバート・フォルスター侯爵の妻を人質として狙った。予定通り拉致に成功し、一時的にアイオリア軍を止めることはできたが、取り返されてしまったのは想定外だった。

そして、幽閉していたはずのコンラートまでもが、今ヘルムートの前に立っている。

「ソフィアに……何をした」

ギルバートは、ヘルムートの記憶を通してソフィアがされたことを全て知った。本人からは聞くことができなかったその粗雑な扱いを知り、抑えていた感情が昂《たかぶ》る。

右手首の腕輪が熱を帯び、ちりちりと嫌な音を立てている。

「私の力については随分と知っているようだが……それが自分に向けられる気分はどうだ？」

「や……やめ」

「止めろと言うのか？　他人のものを奪うのも傷付けるのも厭《いと》わないのに、お前は傷付けられることを恐れるのか」

頭に血が上っているのが分かる。このままではいけない、落ち着くべきだと理性では分かっているのに、ヘルムートの記憶の中に垣間見《かいまみ》たソフィアの涙が、床に縫いつけられた姿が、ギルバートの怒りを増幅させる。

二度と辛い思いはさせないと誓った。

自身の無力さが感情の奔流となって、ギルバートの理性を押し流していく。

感情の熱に反して身体は急速に冷えていった。

「――……っ」

腕輪がその存在をギルバートに主張している。

魔力の暴走の予兆を知らせるそれすら煩わしく、ギルバートは剣を握る右腕を振り上げた。

◇　◇　◇

「熱い……っ」

ソフィアは突然の熱に驚き、自身の左手を見下ろした。

慌てて周囲を見渡すが、魔法防壁の中から見える範囲には特に異変はない。ケヴィンとトビアスが次々とエラトスの騎士達を無力化していて、ギルバートがヘルムートを捕らえている。

既に騎士達のほとんどが戦意を喪失しているようだ。もはやギルバートが維持してくれている魔法防壁すら不要ではないかと思えるほどの有り様だ。

「何かあったのかい？」

ソフィアの様子を訝《いぶか》しんだコンラートが声をかけてくる。

「指輪が――」

小指にある、ギルバートから貰《もら》った藍晶石の指輪。それが不思議な熱を持って、僅かに震えている。

これはどういうことだろう。

不思議に思って改めてギルバートに視線を向けて、その背中にソフィアは目を見張った。咄嗟に防壁の外に出ようとして、コンラートに手首を掴まれる。

「ここにいるようにと言われているだろう？」

ソフィアは首を振る。

「だけど……っ」

ギルバートが、苦しんでいるように見えたのだ。

ソフィアはコンラートの手を振り払った。

魔法防壁を越える瞬間、ぴりりと肌が引き攣ったような感覚がした。

それでもソフィアはまっすぐにギルバートの元へと走る。ドレスの長い裾がこんなにも邪魔だと思ったのは初めてだった。

何人かの騎士達が、ソフィアを捕まえれば何かが変わると思ってか、立ち上がって後を追ってきた。ケヴィンとトビアスが気付いて、慌ててそれを倒していく。

細いヒールの靴は、途中で脱ぎ捨てた。

ギルバートが、右手の剣を振り上げる。その手首の腕輪が強い光を放っていた。

ソフィアは玉座の前の階段を駆け上がった。

「──駄目です……っ！」

そのままの勢いで、ソフィアはギルバートの背中にぶつかるように抱きついた。

途中まで振り下ろされた剣が、ヘルムートの胸元に突き立てられる直前で止まる。衝撃に身体を揺らしたギルバートが、驚いたように振り返った。

その血の気の引いた顔に、ソフィアは自身の身体が震えるのを感じた。

◇　◇　◇

剣を止めたギルバートは、予想外の衝撃に咄嗟に声が出なかった。

悲鳴が上がらないのは、ヘルムートがあまりの恐怖に意識を失っているからだ。今にも殺されそうだったのだ、伸びているのも仕方がないだろう。

「ソフィア──」

ギルバートは振り返って、背中に縋りつくようにして抱きついているソフィアを見下ろした。華奢《きゃしゃ》な身体が震えている。

誰も手を出せないのか、エラトスの騎士達も唖然《あぜん》とした顔で固まっていた。

状況を把握したギルバートの脳が、冷や水を打ったようにしんと冷めていく。

「一人で全部背負わないでください……っ」

ソフィアがギルバートを見上げた。その深緑の瞳は、真摯にギルバートに向けられている。

そこに映るギルバート自身がいやに頼りなげに見えて、隠し切れないほどに動揺した。

「それは」

ソフィアの眉が下がって、潤んだ瞳は寂しさを湛えていた。

「ギルバート様は悪くありません。だからそんなことしなくて大丈夫です。だからどうか……そんなに辛そうな顔、なさらないで」

何故ソフィアがこんなに辛そうな顔をしているのか、何故ギルバートを辛そうだと言うのか、ギルバートには分からなかった。

ヘルムートの頭から離した左手で、ソフィアの縋りつく手に触れる。

そこにある熱にはっとした。

主張していた白金の腕輪から、少しずつ熱と光が引いていく。

「ソフィア、どうしてこんなことを」

戦場で勝手に動くことは危険だと、伝えなければ。その義務感から口を開いたが、ソフィアは緩く首を左右に振るばかりだ。

「――だって、ギルバート様を一人になんてできません」

ソフィアは、瞳を涙でいっぱいにしながら、笑っていた。

ギルバートはソフィアの縋りついてくる腕をそっと緩めさせた。

ソフィアにこんな顔をさせているのが自分だと思うと、胸が苦しい。冷静にならなければいけないのに、湧き上がってくる愛しさは止められるものではなかった。ギルバートはソフィアに向き合って、破壊への欲求を掻《か》き消す、温かな存在に身を寄せた。

ついでにこれ以上争いが激化しないよう、味方の周囲全てに魔法防壁を張った。

「心配させたか。すまなかった」

「いいえ。守ってくださって、ありがとうございます……」

震えていたソフィアの身体が、ギルバートと抱き合うことで少しずつ落ち着いてくる。それに安堵《あんど》し、ギルバートはその背中を繰り返し撫でた。ソフィアの身体から無駄な力が抜けていき、二人の間にあった隙間が消えていく。

「副隊長ー。これ、どうしたら良いですかー！」

二人の世界に水を差したのはケヴィンの間の抜けた声だった。

はたと周囲を見ると、剣を下ろして苦笑しているケヴィンとトビアスと、すっかり戦意を喪失した騎士達がいた。そのどちらも、呆《ほう》けたようにギルバート達を見ている。

ルッツも驚きに口を開けて立ち竦《すく》んでいた。

腕の中のソフィアが、人前で抱き合っていることに気付いて身を捩《よじ》らせたが、ギルバートには離すつもりがなかった。微妙に居心地悪そうにしているのには、気付いていない振りをする。

「ソフィア嬢のお陰で助かりました。面倒は少ない方が良いですから」

トビアスが生真面目な声で言う。

ギルバートはトビアスの言葉を認めた。あの場面でギルバートを止めることができたのは、ソフィアくらいだっただろう。

「ありがとう、ソフィア」

ギルバートはソフィアの耳元で囁いた。

ソフィアが頬を赤く染めた。擽《くすぐ》ったそうに身を竦める仕草が可愛らしくて、ギルバートは思わず小さく笑う。

気付けばコンラートがすぐ側にいた。

「玉座はヘルムートには重過ぎたね。——誰か、これに縄を」

コンラートが言うと、真っ先にルッツが走って縄を持ってきた。それから意識が無いままのヘルムートに、器用に縄をかけていく。

コンラートが、にこりと笑った。

「——では、講和条約について話し合おう。改めて場所を用意させてもらいたい。暫《しば》しの間、客間で待っていてもらえるかな」

その爽やかと言って良い笑みが、かえって恐ろしい。

「当然です、コンラート殿下。では後ほど」

ギルバートはソフィアを横抱きにして、周囲に構わず部屋を出た。床に落ちている靴すら無視したのは、少しでも早くソフィアをここから連れ出したかったからだった。

◇　◇　◇

ソフィアは連れてこられた客間で深く息を吸った。

さっきまで共にいたギルバートとケヴィン、トビアスは、コンラートに呼ばれて出て行った。残されたのは端に控えているメイドと、ソフィアと、ルッツと呼ばれていたエラトスの騎士だけである。

ルッツは窓際に立ったまま、落ち着きなく庭の方を見ていた。

「あの……ルッツ様？」

ソフィアは勇気を出してルッツに声をかけた。

ルッツはびくりと肩を揺らしてソフィアに顔を向ける。その顔色は何故か青い。

「は、はいっ」

「――ギルバート様は、ここではジルと名乗っていたのですか？」

ソフィアは気になっていたことを聞いた。

ルッツは予想外の質問だったようで、ぱちぱちと瞬《まばた》きを繰り返す。しかし答えやすい質問だったのか、緊張して固まっていた表情が少し和らいだ。

「あの男は、ギルバートというのですね。はい、ここではジルと名乗って、王城内の郵便配達をしていました。明るくて、話しやすい良い奴ですよ。……それが、まさかアイオリアの人間で、貴族で、しかもあんな性格って――」

「郵便配達……ですか」

ルッツが困惑の目でソフィアを見る。

ソフィアはルッツの言うような性格のギルバートを想像できず、首を傾げた。まして郵便配達で走り回る姿はより想像できない。

「あの、失礼ですが貴女は？」

ルッツがソフィアに目を向ける。

ソフィアは名乗っていなかったことを思い出して、立ち上がって軽く礼をした。

「私はギルバート・フォルスターの妻、ソフィアでございます。騎士様、夫の手を取ってくださって、ありがとうございました」

あの場でのルッツの戦力がどの程度なのかソフィアには分からないが、ギルバートはルッツがこちらを選んでくれたことを喜んでいたように見えた。

「いえ、ソフィア様。俺はただ、これまで煮え切らずにいただけです。ヘルムート殿下の横暴を知りながら、それに違和感を覚えながら、今日まで何もできずにいたんです。だから、感謝するべきは俺の方で……って、待ってください。ギルバート・フォルスターって、あの、侯爵で、黒騎士の……」

「あ、そう呼ばれているって、本当なんですね」

ソフィアは実際にギルバートが黒騎士と呼ばれるのを初めて聞いた。強さと冷徹な戦いぶりからつけられたという二つ名は、ソフィアにとってはあまりしっくりくるものではなかった。

「あ、奥様を前に失礼でした！　ですが、はい。まさかジルが黒騎士って」

「思いませんでしたか？」

「はい。魔法を使うところも見ていませんでしたし、性格も聞いていたものとは違って」

明るく話しやすい性格のギルバートは、ソフィアも想像できない。ギルバートが話しづらいという意味ではなく、そんなに人懐こい姿が普段と重ならないという意味だ。

ソフィアが知る中では、ケヴィンのような人間ということだろうか。

「あ……そういうこと、ですね」

ソフィアは、ギルバートはケヴィンを参考にしたのかもしれないと推測して小さく笑った。

まだ複雑そうな表情のルッツに向けて、言葉を続ける。

「あの、ギルバート様は確かに変装をして、性格も偽っていましたけど……ルッツ様が見たギルバート様は、きっと偽物じゃないですよ」

「え――」

ルッツが驚いたようにソフィアに目を向けた。

「ご不安だったのかと思いまして。大丈夫です、同じ人です。――違ったらごめんなさい」

ソフィアの見当違いだっただろうか。もしかしたら、ルッツは寂しいのかもしれないと思ったのだ。気軽に接していたはずの男が、違う人間だったのだから。

「いえ、ありがとうございます。何となくもやもやしていたのですが……そう、かもしれません。ソフィア様は、素敵な方ですね」

ルッツがやっと顔をくしゃりとさせて笑った。

「――ルッツ。私に喧嘩《けんか》を売りたいのか？」

瞬間、部屋の入口の方から低い声がした。ソフィアはその声の持ち主が分かって、ぱっと表情を輝かせる。

「ギルバート様！　もうよろしいのですか？」

ソフィアはギルバートの元に小走りで近付いた。コンラートとの話し合いは終わったのだろうか。上目遣いで表情を窺うと、ギルバートは僅かに口角を上げて頷く。

「ああ。今日は王城に部屋を用意してもらえた。ソフィアもゆっくり休めるだろう」

「ありがとうございます、ギルバート様。あの……」

「私とソフィアは同室だ。構わないか」

ギルバートの言葉に、ソフィアは頬を染めた。

「——良かったです」

しばらくの間、ギルバートが借りているアパートメントでコンラートを含めた三人で寝泊まりしていたのだ。二人はソフィアに寝台を譲ってくれていたが、やはり近くによく知らない人がいる状況ではあまり眠れていなかった。

まして一人きりの寝台は、なかなか温かくもなってくれない。

「私は少し話がある。メイドが案内してくれるから、先に行って汗を流すと良い」

ギルバートがソフィアの頭を軽く撫でた。

「はい、ではお先に失礼しますね」

ソフィアは一礼して部屋を出た。

ギルバートとルッツが、互いに誤解のない会話ができるようにと、願いを抱きながら。

その日の夜は、即席の歓迎会が行われた。身内だけの食事会という形だったが、ソフィアはやっと終わったのだと安心することができた。

食事会を終えて、ソフィアはエラトスのメイドの手を借りて夜着に着替えた。

やはりこの国の女性の服は、アイオリアよりもやや露出が多いらしい。気候のせいだとは分かっているが、夜着はそれが顕著だ。薄い生地が重ねられた作りで、肌は隠れるが丈は短く、心許《こころもと》無い。

ソフィアは先に寝室で待っているギルバートの元に向かった。

「ギルバート様、お待たせ致しました」

ソフィアに目を向けてすぐ、ギルバートはじっとソフィアを見つめた。驚いているように見えるのは、気のせいではないだろう。

「あの、お恥ずかしいのですが、これがこちらの夜着だそうで……あまり、見ないでくださいませ」

「いや。確かに少し驚いたが、よく似合っている。とても愛らしい」

ソフィアは恥ずかしさから頬を染めた。もう夫婦になっているが、未だ恋のときめきがなくなることはない。

ギルバートが座っていた寝台の隣を軽く叩き、ソフィアに隣に座るよう促す。

ソフィアはそれに従って腰を下ろし、寝台の上でギルバートと手を重ねた。

「──心配をかけた。今日はありがとう」

「いえ」

「いや。……聞いてほしい」

ギルバートは静かに話し始めた。

「私の立場上、潜入を任されることは多い。特にこういった戦の場合、情報が勝敗を決すると言っても過言ではない。私のこの能力は、便利だ」

ギルバートはソフィアと繋いでいない方の手の平を広げてじっと見た。

「ソフィアに話せないこともある。まして任務に関しては、極秘のものだ。どこにいるかも正しく伝えてやれない」

「ギルバート様……」

「本当にソフィアが助けを求めているときに、側にいてやることができない」

ソフィアはギルバートの目を見ようとしたが、藍色の瞳は重なった手の平に向けられ、そこから逸らされることがない。

ソフィアに、ギルバートが抱えている想いを全て理解することはできないだろう。

「──大丈夫です」

ソフィアはギルバートの手を強く握った。

「ちゃんと大丈夫でした。私は、ここにいます。ギルバート様が助けてくださったから、ここにいます。だから、ギルバート様は……っ」

ギルバートが後悔することは何もない。ソフィアは何かを損なうこともなく、今、無事にここにいるのだから。

ソフィアの気持ちを知ってか知らずか、ギルバートがやっとソフィアに顔を向けた。

「だが、守ってやれなかった」

「いいえ。ずっと……側にいてくださいました」

ソフィアは藍晶石の指輪にそっと触れた。

ギルバートは眉を下げ、目を細めた。何かを言おうとして開かれた口が、言葉を紡ぐことなく閉じられる。その頼りなげな表情は、ソフィアも初めて見るものだった。

こんな顔をさせているのが自分だと思うと、心がぎゅっと締めつけられる。

どうしたら良いのだろう。どうしたら、ギルバートに安心してもらうことができるだろう。

ソフィアは一瞬の躊躇《ちゅうちょ》の後、ギルバートの手を引いた。反対側の手を頭に添えて、胸元に寄せる。そのままそっと包み込むように抱き締めると、いつも以上にギルバートの存在を近くに感じた。

「ソフィア？」

腕の中からギルバートの焦ったような声がする。

距離が近くて、心臓の鼓動が煩いほどだ。この音が、聞こえているだろうか。

「ギルバート様、聞こえますか？　私、ちゃんと生きています。ギルバート様のすぐ手の届く場所にいます。だから、大丈夫なんです。平気じゃなかったですけれど……ギルバート様が助けに来てくださるって、信じてました。私こそ、甘えてばかりでごめんなさい。でも、やっぱり、ギルバート様が大好きで……」

「分かっている」

ソフィアの腕の中でギルバートが動いた。ゆっくりと確かめるように、背中に腕が回される。いつもとは高さが逆だった。見下ろす場所に、ギルバートの旋毛《つむじ》が見える。

上向いた顔と目が合った。藍色の瞳は、今はまっすぐにソフィアに向けられている。

「決して離さないでくださいませ。いつまでも、ギルバート様のお側が私の居場所です」

吸い込まれそうな瞳に、捕らえられてしまったかのように身動きができない。

「——ソフィア」

掬《すく》い上げるような口付けは、一瞬だけ触れ、躊躇うようにすぐに離れた。

「ギルバート様？」

どうしたのかと思って目を開けたソフィアは、ギルバートの瞳の中に不安が揺れているのを見た。

「ああ、いや……ソフィアは、私が恐ろしくはないか？」

ソフィアはその言葉に、首を傾げる。

「どうしてですか？」

「……あの場で、私の魔力を最も近くに感じたのはソフィアだから」

ギルバートはソフィアの藍晶石の指輪をなぞるようにそっと指を動かした。思い出すのは、ギルバートの昂った感情に伴って感じた指輪の熱。

そして近くで見た、ギルバートの怒りに燃える瞳。

ソフィアはギルバートが自身の魔力の強さを良くは思っていないことを知っている。それを恐れるのは仕方がないことだと、諦めていることも。

ソフィアは魔道具があるエラトスの王城では夜も外せずにいる、ギルバートの白金の腕輪に触れた。

「——……私のために怒っていただいて、ありがとうございます」

ギルバートはぎゅっと何かを堪えるように目を閉じ、ソフィアの身体を引き寄せた。その胸に強く掻き抱かれ、少し速い鼓動を一番近くで聞く。

「違う、ソフィア。——礼を言うのは、私の方だ」

今度の口付けは甘く、優しいばかりのものではなかった。熱は逃げることなく高まっていき、ソフィアの傷付いた心もギルバートの頑《かたく》なだった心も融かしていく。

寄り添う二人の間を隔てるものは、何も無かった。

6章　令嬢と黒騎士様は家に帰る

アイオリア王国に帰ってきて王城に挨拶を済ませたソフィアは、侯爵家の馬車に乗り換えギルバートと共にフォルスター侯爵邸へと向かった。

馬車の窓から見える景色はよく見知ったものだ。

以前はどこか余所余所《よそよそ》しいと感じていた貴族街が、今はソフィアを受け入れてくれているかのように感じる。

行きは魔法で移動装置を使用したギルバートも、魔力の無いソフィアに合わせて馬車で帰ることにしていた。アイオリア王国の馬車で使者が街を移動した方が、エラトスの民達に戦争が終わったことをアピールできて好都合でもあるようだ。

「ソフィア、長旅で疲れただろう。邸《やしき》に戻ったら、ゆっくりと休むといい」

向かい側に座ったギルバートが、ソフィアの手を握って声をかけてくる。

「ありがとうございます。ギルバート様は――」

「私は慣れている。……無理をするな」

ギルバートに言われた通り、確かにソフィアは疲れていた。身体《からだ》のこともそうだが、何より心がいっぱいいっぱいだった。

突然攫《さら》われ監禁され、コンラートを含めた三人で狭いアパートメントで数日暮らし、さらにエラトスの王城での交渉に同行したのだ。侯爵夫人になったばかりでお披露目もまだのソフィアには、荷が重かった。

それでも今は、帰ってくることができて嬉《うれ》しい気持ちの方が強い。

カリーナや邸の皆も無事だという。早く会って確認したかった。

「大丈夫です。今は家に帰れるのが、楽しみで」

拾われてきただけだったはずの侯爵邸が、今のソフィアには帰るべき場所になっていた。

ギルバートがソフィアの言葉を聞いて、優しく笑いかけてくる。最近は以前より多く見せてくれるようになったその笑顔に、ソフィアの心もふわりと緩んだ。

馬車から降りてすぐ、駆け寄ってきたカリーナにソフィアは力一杯抱き締められた。

「ソフィア！　良かった……本当に良かったわ……！」

突然の抱擁に、驚いて小さく悲鳴を上げる。

エスコートのためにソフィアの手を取っていたギルバートが、苦笑して手を離した。ハンスがちらりとこちらを見て、何も言わずに馬車に積んである荷物を下ろしていく。

「……心配かけて、ごめんなさい」

ソフィアも戸惑ったものの、すぐに腕を回して抱き締め返した。

カリーナの身体は小さく震えている。はっとその顔を見ると、涙でぐちゃぐちゃになっていた。

きっとたくさん心配をかけたのだろう。

「そんなことない。ごめんなさい、私がもっと警戒していれば」

「ううん。ありがとう、カリーナ」

カリーナの力が強まり、ぎゅうぎゅうと締めつけられるようだ。

ソフィアはくすくすと笑った。細めた目尻から、涙が一雫《しずく》だけ溢《あふ》れる。

「そんなに泣かないで。私は大丈夫だったんだから、ね？」

「だけど……っ！」

「いいの。だって、こうして帰ってこられたんだもの」

ソフィアはカリーナの背を軽く叩《たた》いた。

顔を上げると、今日ギルバートとソフィアが帰ってくると聞いていたのだろう使用人達が、玄関の扉を開けて様子を窺《うかが》っている。賑《にぎ》やかで幸福な光景に、皆どこか安心したような表情だ。

ソフィアの視線を追って、カリーナが身体を離して周囲を見渡した。

「やだ、恥ずかしい」

「ふふ。皆が待っていてくれて、嬉しい」

ハンスがカリーナの様子を見て呆《あき》れたように息を吐く。既に荷物は全て邸内に運び終えたようだ。

「――カリーナ、そろそろ奥様をお部屋にご案内して差し上げてください。お疲れなのですから、まずは休んでいただかなければ」

ハンスの指示にカリーナはソフィアから手を離し、顔を赤くして頷《うなず》いた。

代わりにとばかりに、今度はギルバートが軽くソフィアを抱き締める。

「私は一度騎士団に戻らねばならない。遅くなるから、先に休んでいてくれ」

きっと、まだすることがあるのだろう。ひと月以上もエラトスに行っていたのだから、忙しくなるのも仕方がないと分かっている。本当は安心できる場所で少しでも側《そば》にいたかったが、口にはしない方が良さそうだ。

ソフィアは素直に頷いた。

「一度休ませていただきます。でも……夜は、お帰りをお待ちしておりますね」

ギルバートがソフィアの肩を掴《つか》み、はっとした表情で正面からソフィアの瞳を覗《のぞ》き込む。

ソフィアは安心させるように頷いてみせた。

「……分かった。ハンス、ティモをここへ」

「はい、すぐに」

ギルバートが使い慣れた黒毛の馬を連れてくるようハンスに指示を出す。馬車よりも移動が速いから、馬にしてくれようとしているのだろう。

「ソフィア、行ってくる」

「いってらっしゃいませ」

ギルバートは馬に跨《また》がり、腹を軽く蹴った。

少し傾いてきた太陽に向かって小さくなっていく背中を見送って、ソフィアはカリーナに向き合う。

「奥様、お部屋にご案内しますね」

仕切り直しとばかりにはきはきと言うカリーナに、思わずソフィアは笑ってしまう。カリーナが少しばつが悪そうな顔で、ソフィアの手を引いた。

久しぶりの自室に、ソフィアは安心した。

以前ギルバートに貰《もら》った青い花をモチーフにしたアンティーク調度、刺し途中の刺繍《ししゅう》、天蓋付きの一人には大き過ぎるベッド、落ち着いた色味で揃《そろ》えられた家具。

代々の当主の妻が使ってきたという部屋は、今はソフィアの部屋として、ソフィアの好みに設《しつら》えられている。変わっていない部屋が嬉しかった。

部屋は丁度良い温度に暖められていて、帰宅を待っていてくれたことが分かる。

ソフィアは重い瞼《まぶた》と戦いながら入浴をし、着慣れた部屋着に着替えた。柔らかな寝具はソフィアをすぐに夢の中へと誘っていく。

カリーナが近くにいてくれることも、気が緩む原因の一つだろう。深呼吸をしてどこか懐かしい香りを吸い込むと、ソフィアはすぐに眠りに落ちてしまった。


翌朝ソフィアは花を選ぼうと庭に出て、花壇を見ながら歩いていた。

「奥様、おかえりなさいませ」

庭師のホルストの声が聞こえて立ち止まる。きょろきょろと周囲を見渡すと、植木の向こうから頭がにょきっと飛び出てきた。

ソフィアは目を丸くする。共に来ていたカリーナも驚いていた。

「わ、ホルストさん……！　はい、ご心配をおかけしてごめんなさい」

「いや、儂《わし》のことは良いのじゃ。帰ってきてくれてありがとう。奥様がいない間、この邸は火が消えてしまった燭台《しょくだい》のようだったよ」

「ホルストさん……」

ソフィアはぎゅっと両手を握った。

「旦那様がいないのは慣れておったが、奥様までいないのは初めてじゃった。――もう、ここは奥様なしでは成り立たん」

ホルストがくしゃりと顔を歪《ゆが》めて笑った。それからすぐに落ち着かない様子で周囲を見渡して、少し離れたところにある黄色い花が咲いている花壇を指差す。緑の細かいカットが入った葉の中でフクジュソウがふわりと柔らかく咲いている。

可愛《かわい》らしいその様子に、ソフィアは表情を緩めた。

「可愛い」

「もうすぐ夏じゃ。奥様がここで過ごす夏が、幸せなものになるよう儂も頑張るかのぅ」

「そ、そんなっ」

ソフィアは慌てて手を振った。

ホルストがそう思ってくれているのは嬉しいが、本来は使用人が幸せであるよう努めるのがソフィアの仕事だ。

「旦那様と奥様が幸せだと、儂らも幸せじゃから」

「あ、ありがとうございます。あの……お部屋に飾る花を探しているのですが」

「それならこっちに来るといい。丁度良さそうな花がいくつかあるよ」

カリーナがソフィアに足元に注意するよう声をかけてくる。

ソフィアは頷いて庭の奥に進んだ。日差しが強くなってきている夏の庭には、色とりどりの花が咲いていた。

「わあ……！」

ソフィアはしばらく侯爵邸を離れていた間にこんなにも季節が進んでいたことに驚いた。

「温室の中には薔薇《ばら》も咲いているから。欲しいものがあったら言ってくださいな」

「はい」

ソフィアは食卓を含めた邸内の数か所に飾る花を選び、ホルストに切ってもらった。花はカリーナが抱えて、屋内に戻る。

ソフィアが誰もいないサロンのテーブルの上に花瓶を並べて花を活けていると、ハンスがやってきた。

「奥様、こちらにいらっしゃったのですか」

ハンスは急いでいる様子でもなく、ソフィアの側まで歩み寄ってくる。

「ハンスさん。何かありましたか？」

「いいえ、奥様がこちらにいらっしゃると聞きまして」

手を止めようとすると、ハンスは続けるようにと指し示した。

ソフィアは頷いて手元の花瓶の花のバランスを整える。丁度良く飾り付けて、端に寄せた。

「大丈夫です」

ソフィアは小さく微笑んだ。

「王太子妃殿下から、お手紙が届いております」

「エミーリア様から？」

エミーリアとは個人的に一度お茶をした程度の仲だが、おそらく王太子妃という立場故に今回のことも知っているのだろう。心配させてしまっただろうか。

「はい、こちらです」

手紙を受け取って封を開ける。そこには整った美しい文字で、季節の挨拶から始まり、ソフィアを気遣う言葉と、次のお茶会の招待が書かれていた。個人的なものなので、気を遣う必要はないと書いてある。

「お茶会に誘われてるので、お返事は早い方がいいですよね。この後すぐに……」

ソフィアはハンスがわざわざここまで持ってきたのだから、返事は急いだ方がいいだろうと思った。ましてて王太子妃からの手紙である。

顔を上げて言うと、ハンスはばつが悪そうな顔をした。

「いえ……その」

どうも言葉の歯切れが悪い。首を傾《かし》げると、ハンスは苦笑した。

「奥様がいると確認したくて、ついここまで来てしまいました。急ぎませんから、続けてください」

それはハンスにしては感情的な発言で、ソフィアは驚いた。

「え？」

「奥様がいらっしゃらなくて落ち着かなかったのは、私も同じだったということです。本当に——無事に帰ってきてくださって良かった。ソフィアさんは、ちゃんとギルバート様の側にいなくては駄目ですよ」

ハンスが、しばらく呼ばれることのなかった名前でソフィアを呼ぶ。

それは親愛の証《あかし》であるようで、ソフィアは嬉しくなった。最近は奥様と呼ばれることが多く、その自覚を持つよう意識していたが、それより何より、侯爵家の一員として受け入れられているような気がする。

「ありがとうございます、ハンスさん。私も、ここにいるのが幸せです。——やっぱり、これが終わったらすぐにお返事を書きますね。エミーリア様をあまりお待たせするわけにはいかないですから」

ハンスは短く返事をして部屋を出て行った。部屋の端に無言のまま控えていたカリーナが苦笑する。

「ハンスさんも落ち着かないのね。ソフィア、もういなくなっちゃ駄目よ」

「うん、もう嫌だわ。ごめんね、カリーナ」

ソフィアの言葉に、カリーナは首を左右に振った。

「ううん、私もいけなかったの。ハンスさんに頼んで、もっと護身術の勉強をしようと思って。外に出るときはソフィアには護衛がついてるけど、ここの中じゃそうはいかないもの」

カリーナは、今回みたいに、と呟《つぶや》いて眉を下げた。

ソフィアの側にいる時間が一番長いからこそ、責任を感じてしまっているのだろう。ソフィアはその言葉にぎゅっと目を閉じる。

「そう……ね」

今回は多くの人に迷惑と心配をかけてしまった。今後同じようなことが無いと良い。

落ち込むソフィアに、カリーナは笑った。

「ソフィアも一緒にやる？　身体を動かすのも悪くないかもしれないわ」

明るく言うカリーナに、それまでの真面目な思考が一気に霧散する。

ソフィアは思わず笑った。

「護身術？　……ギルバート様、何て言うかしら」

そういったことについて経験の無いソフィアは首を傾げた。フォルスター侯爵家の当主の妻としては、やはり学んだ方がいいのだろうか。興味が無いわけではないが、疑問は残る。

「聞いてみたら良いんじゃない？」

「うん。そうね」

ソフィアは曖昧に笑って、最後の花瓶に花を活けた。

その夜ソフィアがギルバートにその話をすると、護身術を習える程度に体力をつける方が先だと言われた。確かに、あまり運動をし慣れていないソフィアには難しいことだろう。

ギルバートはほんの少し落ち込んだソフィアに、少し考えさせてくれ、と言った。


それから一週間が過ぎた頃、ギルバートの休日にソフィアは執務室に呼び出された。

ギルバートは普段は騎士団の仕事であまり家とのことにまで手が回らないため、休日には侯爵としての執務をしていることが多かった。ソフィアはそんな日は邪魔をしないように邸内で過ごしている。

執務室に呼ばれるのは、珍しいことだった。

「ギルバート様、何かありましたか？」

ソフィアがギルバートに問いかけると、ギルバートは真面目な顔で頷いた。

「ソフィアが先日、護身術を習得しようかと言っていただろう」

「あ、あの……」

カリーナと話していて、ふと思い立って言ったことだった。ギルバートにあまり良い返事をされないまま、やはり貴族女性としてはおかしな提案だったかと後になって思っていた。

「忘れてくださいっ！　皆はあまり学ぶことでもないんですよね……？」

俯くと、ギルバートが椅子を立つかたんという音がした。絨毯《じゅうたん》の上、足音はしないが近付いてきていることは分かる。

目の前に立ち止まった気配を感じて、ソフィアは顔を上げた。

「いや、お前の不安も尤《もっと》もなことだと思う。私が仕事のときは、側にいられないのだから。だから……すまないが、これを常に持っていてほしい」

何かを握った手を伸ばされ、ソフィアは咄嗟《とっさ》に両手を広げて皿にした。

ぽとりと落とされたのは、丸い銀の玉とそれが入る大きさの飾りボタンの台座だ。二つあり、長袖の服ならばカフスボタンとしても使えるだろう。銀の玉にはアスターの花の彫刻が施され、小さなダイヤモンドがあしらわれている。しかし台座に入っていないのは何故《なぜ》なのか。

「これは……？」

手の平の上で転がしながらまじまじと見ていると、ギルバートが笑った。

「この玉は、強い衝撃を受けると激しく煙が出る」

「――え？」

ソフィアはころころと転がしていた玉の動きを、慌てて握り込んで押さえた。うっかり落としたら大変なことになってしまいそうだ。この可愛らしい飾り玉が、そんな力がある魔道具だとは。

「護身術を覚えても、ソフィアより強い者相手では太刀打ちできない。ならば、これで敵を混乱させて逃げるのが最も安全だ」

「それは……っ。――そうですね」

ギルバートの言葉は正しい。

ソフィアは素直に頷いて、おそるおそる手を開いた。やはり何度見ても可愛らしいデザインだ。

「装飾品として使って、いざというときは台座から外して相手に投げつけると良い。これなら、もし敵に当てられなくても効果がある。服に合わないときはポケットに入れておいても構わない。——うっかり絨毯の上に落としたくらいでは発動しないから、怖がることはない。魔道具が発動すると身につけている指輪も起動するから、同時に私にお前の居場所も伝わる。使わないに越したことはないが……念のために持っておけ」

「ありがとう、ございます」

ソフィアが礼を言うと、ギルバートは安心したように頷いて執務机の椅子に戻った。

手の中の魔道具はキラキラと輝いている。彫られたアスターの花は、ソフィアが社交界デビューの時に王妃に貰った花だ。それで、この魔道具がソフィアのために用意されたものであると分かる。

「——どうした？」

「いえ、アスターの花が……懐かしくて」

その日、ソフィアは王城の四阿《あずまや》でギルバートからプロポーズをされたのだ。結婚してから今日まで色々なことがあったが、あの日のことは忘れられない。もう離さないと言われたときの満ち足りた気持ちと、強くなろうという決意。

アスターの花はあの日、確かにソフィアの背中を押してくれた。

「そうだな、あの日のソフィアは本当に美しかった。勿論《もちろん》、今もだが」

ギルバートが顔を上げてソフィアに言う。

ソフィアは熱くなる頬を軽く手で押さえた。

「……そんなこと仰《おっしゃ》られたら、私、お部屋に戻りたくなくなります」

「ここにいるか？」

ギルバートが近くにある一人掛けのソファを手で示した。ギルバートが休む場所だろう。魅力的な誘いだが、まさか執務中にも側にずっといたいなどという子供のような我儘《わがまま》を言うわけにはいかない。

「い、いいえ。結構です……っ！」

「冗談だ」

慌てて首を振ると、ギルバートが喉の奥をくつくつと鳴らして笑った。

「もう、ギルバート様は意地悪です！　でも……後で一緒にお茶をする時間くらいはくださいね。あの、待ってますから」

「ああ、分かった」

ソフィアは笑って手の中の魔道具を握り締め、勢い良く執務室を出た。

カリーナと一緒に茶菓子を選んで待つのも良いだろう。貰った魔道具の使い方と扱いも、カリーナと共有しておかねばならない。この時間はソフィアの部屋にいるはずだ。

ソフィアは今日の楽しみな時間を胸に、自室に向かった。


一方、執務室に残されたギルバートは頭を抱えた。

「――可愛過ぎだろう、私の嫁は」

低い声で呟く。

妻の可愛らしさに悩むその姿は、誰が見てもどこにでもいる普通の男だ。

「ソフィアが待っている。……早く終わらせてしまおう」

ギルバートはそう独り言《ご》ちると、置いていたペンを手に取り、机上の書類の確認を再開した。

◇　◇　◇

カリーナは侯爵邸の裏庭で、溜息《ためいき》を吐《つ》いた。

戦争も終わり、フォルスター侯爵家には平穏な暮らしが戻ってきた。ギルバートもソフィアも以前同様に仲睦《なかむつ》まじく、使用人達も皆それを見てはほっと胸を撫《な》で下ろしている。

「だけど、私がもっとしっかりしていたら……」

カリーナはここ数日隠し持っている小ぶりのナイフに、服の上から触れた。

あの日、ソフィアと共に倒れてしまったことを、カリーナは気にしていた。ギルバートもソフィアも、厳しいハンスでさえも、カリーナを気遣うことはあっても一切責めなかった。それは仕方がないことだと思われたからであり、同時に、期待されていないことの裏返しでもある。

先日までただのメイドで、最近侍女になったばかり。それも戦闘訓練なんて受けたことがないカリーナが、暴漢や薬物に勝てるはずがない。

当然のことだったが、今のカリーナは素直に受け入れることができなかった。以来ハンスに頼んで、暗器による護身のための戦闘を教えてもらっている。

侍女になってから、自身のランチはソフィアの予定に合わせてずらしている。今日この時間、裏庭にはカリーナしかおらず、初夏の少し強い日差しから隠れる特等席である大きな木の下を独り占めしていた。

「――カリーナ、こんなとこにいたんだ」

突然の声に、カリーナははっと顔を上げた。

背中に太陽の光を受けて、その悔しくなるくらい可愛らしい顔が少し陰になって見える。

「ケヴィン!? あんた、どうして」

ケヴィンとカリーナは、知り合ってから何度も食事を共にしている。すっかり気安く話す仲だが、あと一歩を踏み出せないままだった。バレンタインに告白まがいにチョコレートを渡した返事も貰えていない。

「いや、副隊長のとこに用事があって寄ったんだけど、僕、今日午前で終わりだから。ソフィア嬢――あ、違った。フォルスター夫人に、カリーナは休憩中だって聞いたんだ」

「そ、そうだったの」

いつの間にか呼び捨てにされるようになった名前が擽《くすぐ》ったい。

いつもと変わらない態度にどうして良いか分からず、カリーナは誤魔化すようにバスケットの中のホットサンドにかぶりついた。

会いたかった。会いたくなかった。相反する感情が渦巻いて、混乱する。

「うん。最近、僕も出張してたからゆっくり会ってなかったからさ。カリーナ、いつもの店にも来ないし。――心配した」

出張とは、エラトスとの戦争のことだ。ケヴィンは行く前にソフィアの荷物を取りに来ていた。カリーナも、ソフィアから事の顛末《てんまつ》は聞いている。

カリーナが閉じ込められたのはほんの些細《ささい》なことで、ソフィアはもっと危険な目に遭っていた。そしてそれを助けに行ったギルバートも――ケヴィンも活躍したと聞いている。

「し、心配させたなら悪かったわ。ごめんなさい。別に何でもないの」

「そっか、何でもないなら良いけどさ。そろそろまたご飯行こうよ」

カリーナの隣に、ケヴィンが雑に腰を下ろした。ケヴィンがいる右側が僅かに熱を持つ。友達とは違う、特別な感情がカリーナの張り詰めていた心を少し緩ませた。

「そうね……って、それだけ言いに来たの？」

「うん」

「……暇なの⁉」

カリーナは咄嗟に声を上げていた。

ケヴィンもカリーナを憎からず思ってくれているだろうが、それがカリーナのものと同じかどうかとなると、分からない。

「酷《ひど》くない⁉　僕、これでも副隊長の部下だよ。それなりに仕事はあるんだからね」

ケヴィンは頬を小さく膨らませている。実年齢よりずっと若く見えるその顔が、表情のせいでまるでカリーナよりも歳下《としした》のようにあどけなく見えた。

「だったらどうして――」

「カリーナのことが心配だったんだってば。出張前はあんまり話せなかったし……夫人と一緒に眠り薬を飲まされて、閉じ込められてたって聞いたから！」

ケヴィンが勢い良く言って、そのまま深く嘆息した。

「心配だったけど、任務中だったし、まずはソフィア嬢を取り返すのがカリーナのためだと思って……その。帰ってきてからも、カリーナが一番辛いだろうときに側にいなかったって思ったら、今度は顔が出し辛くなったというか」

話しながら、ケヴィンはどんどん下を向いていった。

カリーナは目を見張った。ホットサンドは食べ終わったが、味は全く覚えていない。

「ケヴィン。ちょっと、何を言ってるのよ。私なんて――」

「私なんてって言われても、僕は君が心配だったんだって。怖い思い、したんでしょ？」

窺うような目がカリーナの心に刺さった。

ソフィアのことが心配で、必死だった。同じようなことにならないように警戒して、少しでも早く強くなりたくて、寝不足でも自主練を繰り返していた。

怖いと思ってしまった自分自身が恥ずかしくて、守るべき存在であるソフィアのことばかり考えようとした。

「何で……どうしてあんたが、そういうこと言うのよぉ……」

ソフィアが帰ってきた日から他人に涙を見せていなかったのに、今、目頭が熱い。情けない顔を見られたくなくて、カリーナは涙を隠して俯いた。

隣にいるケヴィンが、聞いたことがないような柔らかい声で言う。

「ねえ、カリーナ。もし……もしも、だけどさ。僕と結婚してって言ったら、どうする？」

カリーナは涙も忘れて勢い良く顔を上げた。

ケヴィンはまっすぐにこちらを見ていて、正面から目が合う。そこに浮かぶ真剣な色に怖気《おじけ》づいたことを隠すように、カリーナはへらりと笑った。

「何、ふざけてるの？」

「まあ聞いてよ。僕と結婚したら、もうあんな怖い思いをすることはないよ。——これでも、貴族の三男なんだ。仕事の稼ぎも悪くないし、贅沢《ぜいたく》……この家と比べられると困るけど、君を安心させるくらいの贅沢はさせてあげられる」

「——ケヴィン、待って」

「ただ、社交界にも出てもらうことになるし、今みたいに侍女の仕事にかかりきりってのはできないと思う。ソフィア嬢の側にずっといるってことはできない。勿論、その分安全だよ。君のための護衛だって、つけてあげる」

ケヴィンとの距離は、いつもこんなに近かっただろうか。いつもの距離が思い出せない。追い詰められたような気持ちでいるカリーナに、ケヴィンは追い討ちをかけた。

「ねえ、どうする？」

頭が真っ白になる。顔が熱くて、でもその言葉は甘くも残酷で、淡い恋心をぎゅっと握り締められたような気がした。

カリーナは荒くなる息を隠す余裕もなく口を開いた。

「そんな……そんなの、駄目よ。だって私、ソフィアの側にいたいもの。いつまでかは分からないけど、今は駄目。まだ侯爵夫人に慣れてないソフィアを、一人にはできないわ。……怖いこともあるけど、大丈夫。だって、私は強いもの」

言い切ったときには、少しすっきりしていた。

そう、カリーナは弱くない。守られているだけのお嬢様ではないし、甘えてばかりのどこかの坊ちゃんとも違うのだ。

「だよね。――あー、良かった。ほら、不安に思うことなんてないでしょ。カリーナは強いよ」

ケヴィンはそう言って、大きな木の幹に寄りかかった。両手を上げて身体を伸ばして、それまでとは一転してリラックスした様子だ。

「どういう――」

「それだけ強ければ、すぐに戦い方も覚えるよ。心配することない。怪我《けが》する方が、駄目だって。その手、普通に侍女の手じゃないし、そんなに分かりやすいと逆に警戒されるよ」

ケヴィンはいつもの笑顔で、カリーナの頭を軽く小突いてくる。

手の平にまめがいくつもできていることに、いつの間に気付かれたのだろう。カリーナはかっと赤くなった顔のまま、ケヴィンの腕を掴んだ。

「揶揄《からか》ってー!!」

「良いじゃん、元気になったでしょ。今夜は飲みに行こうよ。夫人の許可はもらっといたからさ」

言うとケヴィンは立ち上がって、カリーナに背を向けた。励ましてくれたのだろうが、どこまで本気だったのか。

カリーナはその後ろ姿に、聞こえないくらい小さい声で、馬鹿、と呟く。

「なにー？」

「何でもないわ。じゃあ、後でいつもの店でね」

カリーナは広げていたランチセットを片付けて立ち上がった。

戻ったら、お節介なソフィアにひとこと言ってやろう。それで、そのあと心配をかけたことを謝って、お礼も言わなくては。

軽くなった気持ちのままの足取りで、ケヴィンの背中を追って、カリーナは邸へと足を踏み出した。

エピローグ

エミーリアから招待された茶会には、ギルバートと共に参加した。

「ソフィアちゃん、大変だったわね」

エミーリアがソフィアに微笑《ほほえ》みかけてくる。その態度は以前と全く変わっていない。

顔には労《いたわ》りの気持ちが浮かんでいて、ソフィアは申し訳なく眉を下げた。

「エミーリア様にもご心配をおかけしました。ですが、もう大丈夫なんですよ」

以前エミーリアに招待された茶会のときと同じ温室だ。花はもうそのときとは変わっていて、しかし相変わらずとても華やかで明るい雰囲気だった。

「そんな。あんなに大変なことがあったのよ、強がることはないわ」

エミーリアが視線をちらりとソフィアの背後に向けた。

そこには、ギルバートがマティアスと向かい合って座り紅茶を飲んでいるという、非常に珍しい光景がある。

ソフィアが小さく首を動かして様子を窺《うかが》うと、ギルバートがエミーリアからの視線に気付いてすうっと目線を横にずらしていた。マティアスもどこか居心地悪そうに苦笑している。

「――……本当に、この国の男達は頼りにならないわね。事が起きてから、女の子が巻き込まれてからでないと動けないのだから」

「エミーリア様……っ、私は感謝しているんです。ギルバート様が助けに来てくださらなければ、私は――」

「侯爵も侯爵よ。守るんじゃなかったのかしら」

エミーリアはぴしゃりと言う。

ギルバートが茶会という場に相応《ふさわ》しくなく、がたりと大きな音を立てて立ち上がった。その背をすっと伸ばしたまま、ギルバートは綺麗《きれい》に腰を折る。

「申し訳なく思っております。自らの不徳の致すところです。――ソフィアの許しがなければ、もう側《そば》にはいられないと思っておりました」

「そんな……っ」

ソフィアはギルバートの言葉に顔を青くした。

「ギルバート様、そんなこと仰《おつしや》らないでください！　私はずっとお側に……っ」

「ねえ、殿下？」

エミーリアがきっと睨《にら》むような目をマティアスに向ける。

マティアスはすぐに立ち上がり、頭を下げた。

「ソフィア嬢、今回は巻き込んでしまったが、次はもう無い。信じてほしい」

「そんなっ！」

ソフィアはあまりに恐れ多く、慌てて首を左右に振った。

エミーリアが満足したように頷《うなず》く。

「……ソフィアちゃんがびっくりしちゃっているから、二人とも座って。ねぇ、ソフィアちゃん。今回の件は広がらないように手を打ってあるから、心配しなくて大丈夫よ。王城内でも、限られた人達しか知らないわ。――そうね、詳しく言えば、私と殿下、陛下達の他には、近衛騎士団第二小隊の一部の人達しか知らないの」

近衛騎士団第二小隊は、ギルバートの隊だ。王族と彼らしか知らないと言うのなら、確かに広まることはないだろう。

年頃の女性が攫《さら》われてしまったとなれば、社交界では醜聞だ。本来ならば何もなかったでは済まない。今回はソフィアの身が無事であり、それをギルバートがその能力による取り調べで知ることができ、かつ侯爵家の皆がそれを信じているからこそ、ソフィアはフォルスター侯爵家に帰ることができたのだ。

「だから、安心して社交界に戻りなさい。しばらくの間社交界に顔を出していなかったことも、侯爵の仕事が忙しかったと言えば誰も疑わないわ」

「お気遣いありがとうございます、エミーリア様」

ソフィアはやっと緊張が解れた笑顔で言った。それを見て、安心したようにマティアスとギルバートも腰を下ろす。

エミーリアは優雅な所作で紅茶を一口飲むと、艶《あで》やかな笑みを浮かべて、手元にあったレース柄の封筒をソフィアに差し出した。

「じゃあ、これを貴女《あなた》にあげるわ」

「これは？」

ソフィアは咄嗟《とっさ》に受け取って、まじまじと封筒を見る。

それは上質な紙で、王家の印が押されていた。

「夜会の招待状よ。再来週の紫雲木《ジャカランダ》の宴。――せっかくだもの。侯爵と一緒に参加なさい。良いわよね、殿下？」

「当然だ。ギルバートには当日休みをあげるから、ソフィア嬢をしっかりエスコートするんだよ」

紫雲木の宴は、夏の始まりを祝う宴だ。王城の庭園にある木々がライトアップされ、とても美しいという。ソフィアも話だけは聞いたことがあった。

期待を込めてギルバートに目を向けると、ギルバートがソフィアに柔らかな視線を返してくる。

「ありがとうございます、殿下。喜んで休ませていただきます。ソフィア、当日は共に行こう」

「――はい、楽しみです」

これはソフィアへの褒美だろうか。それとも埋め合わせだろうか。どちらにしても、とても嬉しかった。


そして今日、夜会の準備を終えたソフィアは、ギルバートのエスコートで王城へとやってきた。

ソフィアが着ているのは、艶やかなシルクの生地を使った淡い紫色のドレスだ。

スカート部分には、裾からグラデーションに見えるように白い糸で花の刺繍が入れられている。花弁の部分には、小さな宝石が散りばめるように縫い止められていた。少し大胆に背中を見せる大人びたデザインだが、あえて露出を抑えた胸元と相まって、上品な色気がある。

ギルバートはその露出を少しでも隠そうとするかのように、腕を背中に回すようにしてソフィアの腰を支えていた。

「――やはり、別のドレスにするべきだったか」

小声で呟いたギルバートに、ソフィアは首を傾げた。

「……このドレス、似合わなかったでしょうか？」

カリーナとメイド長の見立てで選んだドレスだった。背中の露出は気になったが、夜会だから構わないと二人に推されて決めたものだ。

ギルバートもデザイン画を見て、納得していたようだったが。

「いや、よく似合っている。今日の夜会にも相応しい装いだ。だが……」

「……？」

「私が見たときは、デザイン画の背中側を隠されていた。――他の男にソフィアの肌を見せるのは、少々腹立たしい」

珍しく直接的なギルバートの言葉に、ソフィアは頬を染めた。予想外の恥ずかしさに瞳が潤む。

しかし、ソフィアもギルバートの藍色の瞳をまっすぐに見つめて言い返した。

「ギルバート様だって……皆に、見られているじゃないですか」

今日のギルバートはソフィアの装いに合わせ、ブルーグレーの柔らかな色の夜会服に、淡い紫色のチーフを差している。ソフィアの装飾品もギルバートのブローチも、同じシャンパンガーネットの石を使ったものだ。

ギルバートにしては珍しい明るい色の装いは、その外見もあって、令嬢達の注目の的だった。

どんなに美しくても、冷徹で寡黙、更に心を読む能力があるからと敬遠されていたギルバートだが、ソフィアと結婚をした後は表情が柔らかくなったと言われているらしい。観賞用として令嬢達から人気があるとエミーリアが言っていた。

「皆が見ているのはソフィアだろう。頼むから、あまり離れないでいてくれ」

「……はい。お側におります」

ソフィアは頷いて、王城の庭園が見える広間へと足を踏み出した。

窓の外では満開の紫雲木がふわふわと浮かぶ魔法の明かりで照らされ、美しく咲き誇っている。参加する貴族の多くがその景色に目を奪われていた。

「後で、こっそり外に出ようか」

ギルバートがソフィアの耳元で囁く。

「夜はまだ寒いのではありませんか？」

既に夏は目の前だが、夜はまだドレス一枚では冷える。ストールは馬車に置いてきてしまったから、羽織るものもなかった。

元々この夜会は広間から花を楽しむもので、外に出る趣旨のものではない。

「——こんなときに使わずに、何のための魔法だ」

ソフィアは目を見開いて、はっとギルバートの顔を見た。

その藍色の瞳の中には、珍しく悪戯《いたずら》な色がある。ギルバートならば、こっそりと外に出て、寒さを感じずに花を楽しむことができるだろう。

「そう……ですね」

ソフィアも同じように笑みを返して、窓の外に視線を向けた。

優しい理由で魔法を使うギルバートが、ソフィアは好きだ。きっとこれからも、もっと、好きになっていくのだろう。

風が吹いたのか、ふわりと薄紫色の花弁が宙を舞う。
花は大勢の注目を集めながら、揺れる光の中で咲き誇っていた。

青薔薇の君

今から八年前、社交界では青薔薇《ばら》の君と呼ばれる美しくも棘《とげ》のある令嬢が、一輪の花のごとく咲き誇っていた。

「エミーリア嬢、今夜こそ私と踊ってください」

「いえ私と！」

「私と以前お約束してくださいましたよね!?」

エミーリア・アーベライン辺境伯令嬢。十七歳の彼女は、社交界にデビューして二年、青薔薇の君と呼ばれていることを知り、多くの貴族達に口説かれ——面倒だと思っていた。

王国の北の国境を守護する役目を仰せつかっている父はとても強く、貴族というよりも武人と言われた方がしっくりくる熊のような男だ。見た目は美しい母もまた父と共に日々戦っているような人で、二人の兄も父と母について外を駆け回っていた。

そこに生まれた待望の女の子。

母に似て幼い頃から美しかったエミーリアは、蝶《ちょう》よ花よと可愛《かわい》がられ、戦の心得等は知らずに育った。代わりに礼儀作法や音楽、教養をこれでもかと学ばされ、元来——これも遺伝だろうか——負けず嫌いだったエミーリアは、その全てを吸収した。

広い国の北の土地は寒く、色白であるのはその結果だ。美しく引き締まった身体《からだ》も、こっそりと学び練習した護身術の成果。そのくせ女らしい悩ましい膨らみは、きっと兄達が狩ってくる動物の肉をよく食べていたせいだろう。

誰もが描く理想の貴族令嬢に成長したが、その性質はやはり環境が作っていると言っていい。

しかし両親の代わりに兄達と共にやってきた約半年ぶりの王都の社交界は、相変わらずエミーリアを放っておいてはくれない。

「お約束などしましたかしら？　そうですわね……最初に声をかけてくださった貴方《あなた》と踊りますわ。また次の曲でお声がけくださいませ」

つんと言ってみせても、それが当然であるかのように頭を下げてくる貴族子息。約束したと言った男は侯爵家の次男だった気もするが——エミーリアにとってはどの男も大差なかった。外見に騙《だま》される男達など、全く興味がない。

「共に踊れるとは光栄です。お手をどうぞ、プリンセス」

「まあ、よろしくお願いしますわ」

気障《きざ》な台詞《せりふ》が地味な顔立ちにあまり似合っていないと思いながらも、エミーリアは微笑《ほほえ》みを浮かべて差し出された手に手を重ねた。運動は好きだ。だからダンスも嫌いではない。

——相手のリードが下手ではない場合に限るが。

「エミーリア嬢、私は貴女《あなた》をもっと知りたいのですが……」

会話をしようとするのは良いが、こちらをまっすぐ見つめ続けるのはやめてほしい。お陰で男のステップが乱れて、足とドレスを踏まれないようにするのが大変だ。

早くこの曲が終わらないだろうか。そうしたら次はもっとダンスの上手《うま》そうな人を選ぼう。

「貴方は、どうして私のことを知りたいとお思いになるのですか？」

「貴女のように美しい方に出会ったのは初めてです！　凛《りん》とした姿に華やかな微笑み——私は貴女を」

「申し訳ございませんが……私、そういったことは言われ慣れておりますの。どうか出直していらっしゃって」

曲が終わる。妖艶に見えるように口角を上げ、貼りつけた笑みで礼をした。

男はぽかんとした顔でエミーリアを見ている。

くるりと背を向けると、また目の前には若い男達が集まってきていた。興醒《きょうざ》めして見ない振りで端に寄ろうとすると、今度は歳《とし》若い令嬢達がわっとエミーリアの周りに集まる。

「エミーリア様、今日はいらっしゃるとお聞きして、楽しみにしておりましたの！」

「私もですわ、お姉様！」

きゃぴきゃぴとした雰囲気には男は近付きづらいらしい。しめたと思いつつ、令嬢達をそっと会場の端の方へと誘導する。

「ふふ、良い子にしていまして？」

「勿論《もちろん》ですわ！」

元気良く返事をした令嬢が、エミーリアを見て頬を染めた。

「夜会でこんなに美しい花達を独り占めしていては、私が恨まれてしまうかしらね」

別にエミーリアは誰の姉でもない。集まっている中には、エミーリアよりも歳上の者もいる。しかしそういう問題ではないのだろう。実際エミーリアも、可愛らしい令嬢達を相手するのは好きだ。

きゃあっと嬌声《きょうせい》が上がる。青薔薇と呼ばれるエミーリアより、彼女達の方が余程華やかではないか。

◇　◇　◇

「ギルバート、今日も退屈そうだね」

「退屈なのは殿下でしょう」

マティアスは王族席の端で小さく嘆息した。共にいるギルバートは、フォルスター侯爵家の嫡男だ。マティアスはパブリックスクールでギルバートと仲良くなった。既にマティアスは卒業したが、ギルバートはまだ在学中である。卒業したら是非自分の側で働かせたいと思っているが、今はまだ友人として側に置いておくだけで充分だ。

「──そうだね。私は今、退屈している。良いんだよ、君は適当に美しい花でも愛《め》でてきて」

「また殿下はそんなことを仰《おっしゃ》る。私は結構です。面倒事は懲り懲りですので」

若く美しい侯爵令息を狙う令嬢などいくらでもいる。特殊な魔力を持ってはいるが、今はまだ一部の者にしか知られてはいない。ダンスの相手など選び放題だ。

しかしマティアスにとって、退屈な自身の側にいてくれる友人は貴重だった。

「そうか──つまらないね」

「そう言う殿下こそ、誰かと踊ってくるべきではないですか？」

十九歳でまだ婚約者のいない王太子は、ギルバートよりも更に令嬢達の注目の的だ。

何せ選ばれれば未来の王妃である。最初の挨拶からマティアスに娘を売り込もうとする貴族達は大勢いた。マティアス自身も見目は整っている。頬を染める令嬢がどれだけいたことか。

「──面倒くさいよ」

「そうは仰っても、先程から視線が気になりますが」

「その視線の内には、君の分も含まれてると思うんだがな」

「それこそ面倒です」

ギルバートのばっさりとした回答に、マティアスはくつくつと笑う。

「とはいえ、ここでただ見ているのも飽きてきたね。そろそろ何か――」

面白いものでもないだろうかと会場を見渡して、マティアスは不思議な場所を見つけた。

そこには歳若い令嬢達が集まっていて、華やかな黄色い声を上げている。それ自体はよく見る光景だった。不思議なのは、周囲にいる何人もの貴族令息達がその集まりを羨ましそうに見ていることだ。

中心にいるのは余程見目の良い男なのだろうかと思い――人の隙間から覗《のぞ》いたその中心人物に驚き、目を見張った。

「――ああ、アーベライン辺境伯令嬢ですね」

驚くマティアスと違い、ギルバートはその目線を追って当然のように言う。

マティアスはそういえば先程挨拶に来ていたと、少し前の記憶を引っ張り出した。

「エミーリア嬢だったな。しかしこれは、……すごいな」

美しい令嬢だと思ったのは間違いない。辺境伯令嬢という立場もまた彼女の魅力の一つであろう。

しかしそんなものでは説明し切れない程の熱気が、その周辺には漂っていた。

「殿下がこれまで気にしなかった方が意外ですよ。『青薔薇の君』と呼ばれていて、若者の間では社交界の花として持て囃《はや》されているようです」

「詳しいな」

マティアスよりも他人と関わらないギルバートには珍しいことだ。興味があるのかと思い目を向けると、ギルバートは小さく嘆息した。

「パブリックスクールは、若者が大勢おりますので」

それだけこういった噂話はすぐに伝わるという意味だろう。

納得したこういった噂話はすぐに伝わるという意味だろう。

膠着していた空間に、どこかの子息が割って入ったようだ。令嬢達の声高な批判をエミーリアが収め、そのまま場を離れて会場を出る。化粧直しにでも行くのか、休憩室へ休みにでも行くのか。場を離れるタイミングも含めて、その手腕はなかなかのものだとマティアスは感心した。

同時に見逃せないものを見て、椅子から腰を浮かせる。

「――ギルバート、私は少し席を外す」

「分かりました」

ギルバートが僅かに口角を上げて言う。

マティアスは周囲に馴染む程度の速さで、しかしできるだけ急いで会場を出た。

マティアスは見たのだ。エミーリアが会場を出た後に、三人の男がついて行くように会場を出たのを。警備は置いているが、王城には死角などいくらでもある。万一のことがあっては可哀想だ。

そうして廊下の角をいくつか曲がった先、庭園の端の入口の辺りで――マティアスは衝撃の光景に出会い、目を見張った。

「――まあ、殿下。いかがなさいましたか?」

城の明かりに照らされた開かれた場所に、秋薔薇が深紅の花を咲かせている。その美しい光景を背景にして、艶やかに微笑んでいる美女は――足元に三人の男を転がしたまま優雅に礼をした。

「いや、貴女の後について会場を出た男達を見かけたから、つい心配でね。しかし――なかなかの腕前のようだ」

「殿下にお褒めいただき、光栄でございますわ」

エミーリアは少しも悪びれることなく、堂々と一礼する。

すっかり伸びてしまった男達は、投げ飛ばされたように上向いて倒れている。見ていなくとも何があったかは想像に難くない。

マティアスの推測が正しければ、確かにエミーリアに落ち度はないだろう。しかし夜会の会場でこのような騒ぎを起こしてしまったことは、褒められることではない。

「彼等を医務室へ。丁重に休ませてくれ」

距離をとってついてきていた護衛のうち二人が頷いて、早速男達を医務室へと連れて行った。

余計な人間がいなくなり、護衛を除けば、マティアスとエミーリア以外誰もいなくなる。

「ご親切にありがとうございます」

どこか不本意そうなエミーリアに、マティアスは面白くなって喉の奥で笑った。

「いや、私は彼等に親切にした覚えはないよ。自分の保身のためさ。――これからすることを、誰にも咎《とが》められたくはないからね」

「これから……？」

マティアスは目を細め、口角を上げた。

この興奮をどう表現したら良いだろう。

薔薇を背景にした彼女は、これまで見たどの令嬢よりも強く凛々《りり》しく、美しく見えた。しかし首を傾《かし》げる姿は年頃らしく愛らしく、また急に現れた王太子を前にしてもしゃんと伸びた背筋からは自信があることが窺える。

初めてだった。一人の令嬢を手に入れたいと、強く思ったのは。

マティアスは片足を軽く引き、左手を差し出す。浮かべた極上の笑みに、エミーリアは痙攣《けいれん》したように片頬をぴくりと動かした。

「——私と踊っていただけますか、お嬢様」

マティアスは自身の持つ素質を充分に理解している。それは王族であるが故か、それともマティアス自身の強い存在感故か。

エミーリアの喉の奥が引き攣《つ》ったのが分かった。

「——あ……っ」

意味のない音が漏れても、マティアスは表情を変えないままに手を差し伸べる。

甘い蜜に誘われるように、蝶が罠にかかるように、それが自然の摂理であるように——エミーリアは右手をゆっくりとマティアスの手に重ねた。

◇ ◇ ◇

明確な意思などなかった。ただそうすることが当然であるかのように、吸い寄せられた。

「ありがとう。——では、会場に戻ろうか」

「はい……」

どうしてしまったのだろう。いつもなら適当にあしらってしまうのに、今はそれができない。マティアスが王太子だからなどという簡単な理由ではない。ただ単純に——エミーリアはそれ以上考えるのを止め、マティアスのエスコートに任せて夜会の会場へと戻った。

扉が開いた瞬間、視線が集まるのが分かる。一人で出て行ったはずのマティアスがエミーリアを伴って戻ってきたのだ。驚くのも無理はないだろう。

そんな視線も気にならないとばかりに、マティアスは会場の中心へと歩を進める。

楽団が、ゆっくりと音楽を奏で始めた。

「——では、踊ろうか」

にっこりと笑顔で言うマティアスに、やっと我に返ったエミーリアは慌てて微笑みを返した。出会ってからこれまで主導権を握られっぱなしだったのだ。ここで負けるわけにはいかない。

エミーリアはすぐに曲に合わせ、緩やかなステップを踏み始めた。

「王太子殿下は、さすがですわね。お望みのタイミングで音楽をおかけになるなんて」

精一杯の嫌味に、マティアスは虚を突かれたように目を見開き、やがて面白そうに控えめな笑い声を上げる。

「はは……そうか。これはね、私がさせているのではないよ。——戻ってきた私達が充分に目立っていたのだろう。皆優しいね」

そう言われてしまっては言い返すのもかえって子供っぽく思える。内心では悔しく思いつつも、エミーリアはただ頷くだけだ。

「そう、ですわね」

「貴女は、運動は得意だろう？　それはダンスもそうだと思って良いのかな」

「ええ……少々、自信はございます」

「ならば、共に楽しもう。せっかくの夜会だ。――あんな男達のことなど、すっかり忘れてしまえ」

曲調が変わる。同じ曲であるのが嘘《うそ》のように速いテンポに、エミーリアは咄嗟に足を動かした。

マティアスの楽しそうな表情が正面にあり、唐突に見せられた無邪気な笑顔に驚きが隠せない。

「殿下は……」

言いかけた言葉を呑《の》み込んだ。言いたいことはたくさんあるが、今はこの時間を楽しもう。

マティアスが伸ばした腕に従い、エミーリアはふわりとドレスを広げて回る。裾を丁寧にさばきつつ舞い戻ると、マティアスはしっかりと受け止めてくれた。次のステップも自然と踏み出せる。

初めて踊る相手なのに、まるでずっと前から互いを知っていたかのように、ぴったりと息が合っていた。それはエミーリアには初めての感覚だった。

少しずつ、世界から余計なものが削ぎ落とされていくような錯覚。

「――なんだか、私達しかいないみたいだわ」

「そうだな。私も、こんなに楽しいのは初めてだ」

弾む呼吸の中、聞かせるつもりもなく口にした言葉は、マティアスの耳にしっかりと届いたようだ。

恥ずかしさに頬を染めると、マティアスはそんなエミーリアを揶揄《からか》うように踏むステップを変える。

「殿下は、……意地悪ですわね」

当然のようにそのエスコートについていきながら、エミーリアは唇を尖《とが》らせる。しかし眼前にある楽しげな表情に、最後には思わず吹き出して笑ってしまった。

なんて――なんて可愛い人なのだろう。

遠い存在であったはずの王太子を、とても身近に感じる。

「私は紳士だよ」

「――左様でございますか？」

自分で紳士だと言う人間に紳士はいないと思う。

どんどん楽しくなってきて、先程の仕返しとばかりに今度はエミーリアがステップを変えた。それにマティアスは苦笑する。

ついてきてくれることが嬉しかった。目立っているであろうことは分かっていたが、この楽しい時間を終えたくなかった。


翌日、いつもより朝寝坊をしたエミーリアは、日がすっかり高くにあることを確認して溜息《ためいき》を吐《つ》いた。タウンハウスの自室は、柔らかなレースや上品な家具で揃《そろ》えている。どれも幼い頃から集めた、エミーリアのお気に入りだ。

侍女の手を借りて朝の支度を済ませ、着心地の良い柔らかなワンピースを身に纏《まと》う。どうせ一日家にいる予定なのだと、外にはあまり着ていかないような、甘い色合いの服を選んだ。

外出するときは自分に似合うものを選ばざるを得ないが、家にいるときは好きな服を着たい。

朝食をとるより昼食の時間の方が早いと思い、侍女に紅茶と小さいスコーンを用意させる。読み途中だった本を開き、紅茶を口にして――ほっと一息ついたところで、ばたばたと騒がしい足音が近付いてきて、エミーリアは侍女と目配せをした。

何があったのだろう。

「――エ、エエ、エミーリアっ！」

ノックも無しに部屋に飛び込んできたのは、エミーリアの次兄だった。これでもかと顔を青くして、らしくもなく息を乱している。

「お兄様、どうなさったの？　まさか、領地に何か――」

真っ先に疑ってしまうのは領地の危機だ。国境を守る役目を仰せつかっているアーベライン家の一番の事件は、隣国が攻めてくることだろう。

しかし腰を浮かせかけたエミーリアは、続く兄の言葉にほっと息を吐いた。

「いやいや、領地は何ともないよ！」

「でしたらそんなに取り乱さないでくださいませ」

椅子に座り直し、残っていたスコーンを一口に食べてしまう。香り高い紅茶はエミーリアお気に入りのアールグレイで、華やかな花の香りがした。

「お前のことなんだが⁉」

「――私の？」

心当たりがないエミーリアは首を傾げる。

これまで大きな問題は起こさないようにしてきた。何せ、自分が目立っているという自覚くらいはあるのだから。

「ってああ、それどころじゃないよ。お待たせしているのだから、早く準備して下の応接間に来てくれ。頼んだよ！」

次兄は来たときと同様にばたばたと大きな足音を立てて出て行った。

お待たせしている、ということは来客か。相手は聞きそびれたが、客ならばあまり待たせてはいけないだろう。

部屋の端に控えていた侍女と目配せをして、手早く着られるドレスに着替える。髪は緩く纏めてあるので、そのままにした。化粧など直す暇もなく、口紅だけを塗る。

走らないぎりぎりの速さで廊下を歩いて、ようやっと応接間に辿《たど》り着いた。ドレスの裾を整え、髪に軽く触れて乱れていないことを確認する。

扉を、軽く叩《たた》いた。

「――失礼致します」

扉を開けて真っ先に目が合ったのはエミーリアの長兄だ。いつも余裕の表情でいることが多い兄が、エミーリアを見て安心したような顔をしている。

長兄が客の前でそのような表情を見せるのは珍しい。一体誰が――と思ったとき、入口に背を向けていた客が立ち上がって振り返った。

「お邪魔しているよ」

金色の髪に涼しげな空色の瞳。すっと伸びた背筋は高い身長をより高く見せる。服の上からでも分かる適度についた筋肉と、多くの女性を魅了するであろう甘い微笑み。

「――殿下、どうして我が家へ……？」

それは間違いようがなく、昨夜ダンスを共にしたマティアス王太子その人だった。

どきりとエミーリアの心臓が跳ねる。

「貴女に会いに。それに、昨夜は次の約束をしそびれてしまったからね。ご家族からデートのお許しを戴《いただ》こうと思って」

「許しなど……殿下が望まれればそれが決定事項でしょう」

「それでは意味がない。貴女の同意がなければ、独りよがりではないか」

涼しげに見えるはずの空色の瞳の奥には、確かに隠しきれない熱情があった。それは強く自身を求められていることの表れのようで、心の奥がじりりと焦がされる。

「私は……」

返事に困って眉を下げた。

立ちすくんでいたエミーリアの元へ、マティアスは迷いのない歩調でまっすぐ向かってくる。すぐ前で立ち止まり、まるで本物の姫に対してするように片膝をついた。

「何を――」

その姿勢を拒もうとエミーリアが口を開く前に、マティアスは一輪の薔薇を差し出してきた。それはこの世に存在し得ないはずの、真っ青な薔薇の花だ。

エミーリアは思わず息を呑んだ。

「貴女は強く気高く、美しい心を持っている。それでいてとても可愛らしい。こんなに誰かに惹《ひ》かれたのは初めてだ。エミーリア嬢、私は貴女のことをもっと知りたい」

その瞳には、嘘偽りの色は全くなかった。一国の王太子であるマティアスが、きっと多忙であるだろうに、わざわざエミーリアに会うためだけに来てくれたのだ。

「では……」

エミーリアは淡く微笑んで青薔薇を受け取った。

どうやって青くしているのだろう。染色したのだろうか。それとも何か特殊な魔法でも使っているのだろうか。

まじまじと見るエミーリアに、マティアスは期待を込めた表情を隠そうとしない。

「――お友達から、よろしくお願いしますわ」

様子を窺《うかが》っていた長兄が、がくりと肩を落とした。

エミーリアはそれでも笑みを深める。

暫《しば》し黙っていたマティアスは、面白そうに喉の奥でくつくつと笑い、そのままエミーリアの手の甲に軽く口付けた。

「な……っ」

目を見開いたエミーリアに、マティアスは手を離さないままくすりと笑う。

「光栄です、お嬢様。――逃がさないから、そのつもりで、ね」

以降マティアスのお忍びが増え、護衛達が頭を抱えるようになる。その代わりに仕事の効率が上がったのは、嬉しい副作用だったらしい。

そしてあっという間に外堀をしっかり埋められたエミーリアは、二年後にはマティアスと結婚し王太子妃となるのだが――まだ、このときには知る由もなかった。

レモンイエローの微睡み

「ギルバート様。近いうちに、一緒にお茶がしたいんですけど……」

ソフィアは朝食を終えた席で、ギルバートに言った。

エラトスとの戦後処理が立て込み、フォルスター侯爵としての仕事も重なったギルバートは、エラトスから帰ってきてほぼ一か月間休みなく働いている。一度ギルバートからデートの誘いもあったのだが、その約束も急な会議で流れてしまった。

その埋め合わせをしようとしているのか、それともやはり仕事が忙しいのか。最近はより根を詰め過ぎているようだと、ハンスからソフィアに話があった。どうか無理矢理でも、ギルバートの息抜きになるようなことをしてあげてほしい、と。

とはいえ、ソフィアに多忙なギルバートを無理に引き止めることはできない。それでもやはりギルバートの体調は心配で、ソフィアはゆっくりしてもらおうと、二人きりのお茶会に誘うことにしたのだ。

「――何か話したいことでもあるのか？」

ギルバートが心配そうにソフィアの表情を窺《うかが》う。

ソフィアは言い方を間違えたのだと気付いた。これでは、何か折り入って話があるように聞こえてしまうだろう。

「いえ、そうではなくて……ギルバート様が任務に出ていらっしゃる間に、料理長からお菓子の作り方を教わっていたのです。バレンタインのときに、喜んでくださったから」

「そうか」

「それで、折角なので、ギルバート様に食べていただきたいと……お忙しいとは思うのですが――」

ソフィアがそう言うと、ギルバートは僅かに目尻を下げて頷《うなず》いた。

「分かった。今日の午後で良いか？」

「え？」

ソフィアは驚き、咄嗟《とっさ》に声を上げた。

今日、ギルバートは王城に出仕する予定である。今もギルバートはいつもの騎士服に身を包んでおり、もう少ししたら家を出る時間だ。普段の帰宅時間は大抵夕方、遅いときは夕食に間に合わないこともある。

「ソフィアが菓子を作ってくれるのだろう？　半日くらいどうとでもしよう」

ギルバートはそう言って立ち上がる。

食事を終えていたソフィアも、見送りのためにギルバートと一緒に玄関までやってきた。

「では、行ってくる」

毎朝の習慣で、ギルバートがソフィアに口付けをする。ソフィアも目を閉じてそれを受け入れ、そっと微笑《ほほえ》んだ。

「ありがとうございます。お帰り、お待ちしていますね」

「ああ。楽しみにしている」

馬車に乗るギルバートに手を振って、見えなくなるまで見送る。玄関の扉を閉めたソフィアは、今更になってどうしようと両手を頬に当てた。

「今日だなんて……ちゃんとできるかしら」

ソフィアの中では、ギルバートが時間をとれるのは数日先だと思っていた。それまでの間に何回か練習ができるだろうと高を括《くく》っていたのだ。それがまさか、ソフィアのために早く仕事を終わらせて帰ってきてくれるだなんて、想像していなかった。

その心遣いはとても嬉《うれ》しいことだが、同時に急に不安になってくる。今日のソフィアに急ぎの予定はないはずだから支度は間に合うだろうが、菓子はきちんと作れるだろうか。

「大丈夫よ、ソフィア。先に部屋に戻っていて。料理長に厨房《ちゅうぼう》の使用許可貰《もら》ってくるから」

カリーナがそう言って、厨房に向かっていく。

ソフィアは階段を上りながら、これから何を作ろうかと考えを巡らせ始めた。

◇　◇　◇

ギルバートは近衛騎士団第二小隊の執務室で机に向かっていた。

目を通しているのは、ギルバートが不在の間の訓練記録だ。最近ようやく少し時間に余裕ができ、隊の内部を見ることができるようになってきた。

アーベルもこの時間は書類仕事をしているようだ。ちらりとその手元を窺うと、平常時よりも多くの書類が積まれている。アーベルには任務中留守にして負担をかけていたため、溜《た》まってしまった書類が捌《さば》き切れていないのだろう。

ギルバートは手元の資料の中で気になったものを手に取り、席を立った。

「隊長、少しよろしいですか。ここに備品が破損したと書かれていますが」

ギルバートが声をかけると、アーベルが顔を上げる。相変わらず人相が悪い顔が、疲れのためか余計に目つきが悪くなっている。

「あ？　……ああ、それか。訓練用のバリケードを、戦闘訓練やってた若いのが吹っ飛ばしたんだ。老朽化もしてたから、買い替えで申請上げようと思ってて……っと、これか」

アーベルは机の抽斗《ひきだし》を漁《あさ》って、一枚の書類を引っ張り出した。既に判まで捺《お》され、端が折れているその書類は、完成しているが提出しそびれているものに違いなかった。

ギルバートはソフィアとの約束を守るべく、話を切り出した。

「隊長、今日私は午前で帰ります」

「……何だ、緊急か？」

アーベルが低い声で言う。普段は緊急かどうかを問うことなどしない人だ。それだけ余裕が無いのだろう。

ギルバートはあえて当然という態度で続けた。

「いいえ、私用です。ですので、代わりに隊長は明日休んでください」

訓練記録を確認したが、漏れは一日もなかった。ギルバートかアーベルのどちらかが毎日書いている書類だ。他の者が書いたのかと見直しても、筆跡は全てアーベルのもの。確認すると、半日で帰った日もあったようだが、アーベルが休日まで出仕していたことが分かったのだ。

平常時であれば、アーベルはしっかり休みをとる。今回はギルバートの長期の不在と、戦時中であったため、あえて王城にいるようにしていたのだろう。

「休むって言ったって、この書類を片付けないとどうにもならんだろう」

「私が処理できるものは、明日のうちに全て済ませておきます。しばらく留守にしていた分です」

ギルバートが言うと、アーベルは眉間に皺《しわ》を寄せた。

「……それは、お前のせいじゃねえよ」

「任務でも、いなかったことは事実ですから。……ですので、隊長も少し休んでください」

ギルバートが小さく嘆息すると、アーベルは苦笑してがしがしと雑に頭を掻《か》いた。

「ありがとよ。じゃあ、お言葉に甘えるわ」

ギルバートはそれに安心して、備品の申請書を取り上げる。

「もうすぐ殿下のところに行くので、ついでに提出できる書類があればまとめて預かります。財務にも寄りますから、これは預かりますね」

「待て、それなら結構あるぞ」

アーベルが慌てた様子で書類を漁り始めた。

財務に書類を持っていくくらい、大して大変なことではない。ただアーベルは、高位貴族が多い財務に近付きたくないだけだ。普段はギルバートがその橋渡しをしているのだが、留守にするとアーベルは何かと理由をつけて書類を溜めてしまう。

「行く前に声をかけますから、用意しておいてください」

アーベルは小さく礼を言って、すぐに机に向き直った。


ギルバートはアーベルから預かった書類を財務に届け、その足でマティアスの執務室に向かった。

マティアスは机に向かって書き物をしていたが、ギルバートの入室に気付くと手を止める。

「ああ、来たね。待っていたよ」

「お待たせ致しました」

ギルバートと入れ替わりに、それまで護衛をしていた隊員が部屋を出て行った。室内にはギルバートとマティアスの二人しかいなくなる。

「いや、そう待ってはいないよ。コンラート殿から書簡が届いたから、君にも見せてあげようと思ってね」

マティアスが、上質なものだと一目で分かる白くこしがある紙を広げてギルバートを呼ぶ。ギルバートは早足でマティアスの執務机に近付き、促されるがままに書簡を覗《のぞ》き込んだ。

定型文の挨拶から始まった文章は、次第に戦後の対応と現状についての報告書のようになっていく。

「――国王と第二王子の処分が決まりましたか」

「まあ、妥当なところだろうね。国王の毒殺未遂やヘルムート殿のクーデターを公にするわけにはいかない以上、このあたりが落としどころだよ」

戦争終結後、ヘルムートを捕らえさせたコンラートは、先代国王の病を理由に新たな国王として即位した。先代国王は病のため離宮で療養、ヘルムートは戦争の責任をとって王位継承権を剥奪の上幽閉。国王も療養など表向きの言い訳で、その実態は監禁だろう。

戦後処理のためにとすぐに王位を継いだコンラートは、ヘルムートが放置していた証拠品を利用して裏で糸を引いていた貴族達を明らかにした。その上で、首謀者とされる一族は国外追放に、それ以外の貴族は領地や財産を一部没収する。そうして貴族達の力関係がそれまでとは大きく変わったところで、王権と議会政治の両立による新たな政治体制を打ち立てたのだ。

裏ではそれまであまり表に出てくることのなかったコンラート派の貴族達が奔走していたようだ。その中には、ギルバートの潜入を手助けしてくれたアンテス伯爵の名前もある。

「ですが、随分早かったですね」

ギルバートが帰国してからひと月程しか経っていない。新たな政治体制を整えるというのは、構想があったとしても大変なことだ。

ギルバートの言葉に、マティアスが頷いた。

「……コンラート殿は、元々自分も死ぬつもりだったんだよ」

「殿下？」

あまり穏やかではない話に、思わず問い返す。

マティアスが小さく嘆息した。

「エラトスの国民の生活は厳しいものだった。無理に我が国と戦争をしたせいで、余計にね。……ヘルムート殿が最後まで戦争を続け、負けた場合。王族が責任をとる必要があると思っていたようだ」

マティアスはそこまで話すと、ゆるゆると首を振った。

「だから、王族が皆処刑された場合の具体的な議会政治案を、アンテス伯爵達に預けていたと聞いたよ。伯爵の後ろにはもっと高位の貴族もいて、もしそうなっていても、確実に実行できるようになっていたらしい」

ギルバートは目を閉じ、コンラートと話したときのことを思い出した。

『そのためなら、王家などなくなったって構わない』

そう言ったときのコンラートの顔は、確かに国王として国民を思っているものだった。

「――このような決着で、良かったです」

ギルバートは心の底からそう思った。君主制こそが正しいとは思っていないが、国民のために正しい政治が行われるのならば、無理に王をなくす必要があるとも思えない。コンラートは良い王になるだろう。

「そうだね。私も改めて考えさせられたよ」

マティアスが苦笑する。それからこの話は終わりだというように、書簡を机の抽斗にしまった。

「ところでギルバート、今日の午後は私達のお忍びに付き合ってくれないか？　そろそろエミーリアが退屈していてね」

「考えさせられたと言って、次の話がそれですか」

ギルバートが言うと、マティアスは僅かに身を乗り出した。

「どうかな。そろそろ仕事も落ち着いてきただろう？」

エミーリアはあまり部屋に篭《こも》っている性格ではない。マティアスもまた城下を直接見たいと言って、たまに二人でお忍びの外出をする。

その手伝いは、いつもギルバートの仕事だった。他の魔法騎士には頼みづらいらしい。ギルバートはマティアスの指揮下な上、パブリックスクールの頃からの友人である。更に二人分の変装魔法を維持することができるだけの魔力を持っているとなれば、ギルバートに頼むのも当然と言えた。ギルバートもまた、マティアスと共に出かけること自体は嫌ではない。

だが、今日は駄目だ。

「お断りします。明後日以降にしてください」

「今日は、私は早退させていただくことになっていますので」

ギルバートが言うと、マティアスは目の色を変えた。それまでの気楽な色から、急に心配そうな色に変わる。

「どうかしたのかい？　もしかして、ソフィア嬢に何か――」

戦争に巻き込まれ辛《つら》い思いをさせてしまったと、マティアスもソフィアを心配してくれているのだ。

ギルバートはマティアスを安心させるため、渋々早退の理由を伝えることにした。

「……ソフィアが、私を茶に誘いました。なので、今日は帰ります」

「は……ははは、そうか。それなら仕方ないね」

マティアスが気が抜けたように笑う。

ギルバートがほっと息を吐いていると、マティアスはおもむろに手帳を広げ、先の予定を確認し始めた。それから、執務机をかつかつと数回ペンで叩く。

次に目が合ったときには、マティアスの瞳は期待に輝いていた。

「そうだな……四日後なら、来客も会議もない。付き合ってくれるね？」

「……かしこまりました」

四日後ならば、ギルバートも問題は無いはずだ。頷いて了承すると、マティアスは満足げな顔をして、中断していた執務を再開した。

◇　◇　◇

「おや、珍しいね」

フォルスター侯爵邸の厨房では、料理長監修の下、ソフィアが菓子を作っていた。

作っているのはレモンタルトだ。まだ日中は暑いため、外から帰ってくるギルバートはきっとさっぱりとした味を好むだろう。

「生地はいい感じに冷えましたよ。そろそろ良いですね」

料理長が冷蔵庫から一口サイズに焼いたタルトの生地を持ってくる。ソフィアは用意していた絞り袋の口を切り、生地の中にクリームチーズのアパレイユを絞り出していった。ふわりと広がったアパレイユは、少しずつ広がって次々と窪《くぼ》みを満たしていく。

「こんな感じで、大丈夫ですか？」

「うん。上手ですよ」

柔らかそうな見た目に、自然とソフィアの口角が上がった。

上に乗せるのはレモンジャムだ。スプーンで掬《すく》ってそっと乗せていく。透明な明るい黄色が、魔道具の明かりできらきらと輝いて見える。

小さいミントの葉を添えると、より夏らしい見た目になった。

でき上がったのは、たくさんの一口サイズのレモンタルトだ。

「うわあ、美味《おい》しそう！」

カリーナができ上がったレモンタルトを見て歓声を上げる。

「奥様、とてもお上手になりましたね。これなら旦那様もお喜びになるでしょう」

料理長もそう言って満足げに頷いた。

「ありがとうございます。ギルバート様がお帰りになるまで、冷蔵庫に入れておいてもらえますか？」

「ではお預かりしますね」

「えっ！」

平皿を料理長が持ち上げようとしたところで、カリーナが声を上げた。

「え？」

ソフィアが首を傾《かし》げる。

カリーナの目は、レモンタルトに釘《くぎ》付けになっていた。

「……味見、しないの？」

「ふ、ふふ……そうね。こんなにあるし、一つずつ食べてみましょうか。良ければ料理長もどうぞ」

ソフィアは笑いながらタルトをカリーナと料理長に差し出し、自分も見た目があまり綺麗に仕上がらなかったものを手に取った。

カリーナと料理長がタルトを食べ、もぐもぐと口を動かす。

「んー、美味っしい！」

「よくできていますね。次は、もっと難しいものを作ってみましょうか」

二人に褒められ、ソフィアはほっと息を吐いた。それから、ようやくタルトをぱくりと食べる。爽やかな甘味と酸味が口の中で混ざり合う。きっと、冷やしたらもっと美味しいだろう。

「ギルバート様が帰ってくるまでに冷たくなるかしら」

「大丈夫ですよ。しっかり冷やしておきます」

料理長が笑う。

厨房での忌まわしい記憶が、一つ幸せな記憶に塗り変わっていった。

ギルバートが帰宅したのは、昼食を終えてしばらくした頃だ。ソフィアは自室に花を飾り、カリーナと共にお茶の支度を整えた。ちょうどカリーナが茶器を並べ終えたところで、部屋の扉が軽く叩《たた》かれる。ソフィアが扉を開けると、楽な私服に着替えたギルバートが立っていた。

明るい時間にこうして顔を合わせるのは久しぶりだ。

「ギルバート様、今日はありがとうございます」

「いや、私が早くお前の菓子を食べてみたかったからだ。気にしないでいい」

ギルバートはそう言って、ソフィアの後について部屋に足を踏み入れた。

「そ……そんなに、楽しみにされると困ってしまうのですが……」

ソフィアは部屋のソファを勧め、隣に自身も腰を下ろす。ティーテーブルではなくソファを選んだのは、こちらのほうが気が休まると思ったからだ。

カリーナが、紅茶が入ったポットとレモンタルトの皿をテーブルに置いて部屋を出ていく。ソフィアはポットを持って、二人分のカップに茶を注いだ。

ギルバートの視線が、タルトに向けられる。

「これは、レモンタルトか？」

「はい。お茶の時間に食べやすいように作ってみました。気に入っていただけると、嬉しいのですが――」

一口サイズで作ったため、ソフィアの皿には三個、ギルバートの皿には五個のタルトが並んでいる。

窓から差し込む午後の日差しが、きらきらとレモンジャムを色鮮やかな宝石のように輝かせていた。

ギルバートはそのうちの一つをひょいと摘《つま》むと、ジャムの黄色をしばらく見つめてから口に入れた。

ソフィアはつい咀嚼《そしゃく》するギルバートをじっと見てしまう。どきどきと鼓動が高鳴った。

紅茶を一口飲んだギルバートが、ふわりと口元を綻ばせる。

「……美味しい。ありがとう、ソフィア」

「い、いえ……」

ソフィアは慌てて紅茶を飲み、染まった頬をティーカップで隠した。

「ギルバート様、最近お忙しそうだったので……少しゆっくりしてほしかったのです」

「──私は、疲れた顔をしていたか？」

ギルバートがタルトを食べる手を止めて、ソフィアを見た。

ソフィアはカップを置いてギルバートに向き直る。

「そうではありませんが……たまには、休息も必要だと思います」

元々あった休日は、戦後処理や急な会議で埋まっていた。家にいても、留守にしていた間の仕事はある。ハンスだけでは処理し切れない案件も当然あり、ソフィアも攫《さら》われて家にいなかった。

帰国後のギルバートが忙しいのは当然のことなのだ。

「そうか」

ギルバートが僅かに目を伏せた。

ソフィアはギルバートの左手にそっと触れた。ギルバートが多忙になってしまったことへの責任の一端はソフィアにもあるだろう。もしソフィアが巻き込まれなければ、この邸《やしき》で何かできたことがあったはずだ。

「私にできることでしたら、お手伝い致しますから」

僅かな力で手を握ると、ギルバートはぱっと顔を上げた。明るいところで見る藍色の瞳は光を集めている。小指にある藍晶石よりも、輝いて見えた。

ギルバートがソフィアの手を軽く握り返し、テーブルに向き直る。それからしっかりと味わっていることが分かる程度の早さで、レモンタルトを次々と口に運び始めた。食べ終えたときにはティーカップも空になってしまっている。

気付いたソフィアが紅茶を注ぎ足そうとポットに手を伸ばすと、ギルバートがその手を取った。ソフィアの手を離さないまま、それが当然であるかのようにギルバートが上体をソファに横たえる。

「ギ、ギルバート様……っ⁉」

ギルバートの頭が、ソフィアの膝の上にある。そこに確かに感じる重さと温度が、ソフィアをどうしようもなく動揺させる。

ギルバートはソフィアの手を何度か確かめるように握って、薄く笑った。

「……手伝ってくれるのだろう？」

見上げられることには慣れていない。確かにソフィアは休息が必要だと言ったが、とはいえここで休んで身体は痛くならないのだろうか。

ギルバートが目を閉じ、このまま微睡《まどろ》んでしまおうとしている。

「お、お休みになるのでしたら、寝台の方が──」

「嫌か？」

視線だけがソフィアの瞳をまっすぐに射貫《いぬ》いた。

ギルバートはこのまま寝てしまいたいほど、疲れているのだろうか。心配して探るように見つめ返した瞳の奥に、ソフィアは悪戯《いたずら》な色が浮かんでいることに気付いた。この瞳を見るのも久しぶりだ。

ソフィアの心が、幸せで満ちていく。

「いいえ……ギルバート様がよろしいのでしたら」

「そうか」

許可を出したからか、ギルバートはもぞもぞと楽な体勢を探して、また目を閉じた。

ソフィアは見上げることが多いギルバートの頭がすぐ側にあり、なんとなくその銀髪に手を伸ばす。そっと撫《な》でると、するりと指の間を銀の髪が擦り抜けていった。その感触が心地良く、つい繰り返し撫でてしまう。

ギルバートの小さな笑い声が、穏やかな静けさの中に響いた。

「ずっと、こんな時間が続けばいい」

ギルバートの右手が耳から零れ落ちたソフィアの髪を一筋梳《す》く。擽《くすぐ》ったさに目を細めたときには、その手はもうソファに落ちていた。

きっと夕食前には、カリーナが起こしに来てくれるはずだ。

今だけ、ほんの少しだけ——暖かな日差しの中、ソフィアはそっと目を閉じた。

あとがき

こんにちは、水野沙彰《みずのさあや》です。『捨てられ男爵令嬢は黒騎士様のお気に入り3』をお手に取っていただき、ありがとうございます。3巻……3巻ですよ。なんて素敵な響き……！　応援してくださっている読者様方のお陰です。心よりお礼申し上げます。

3巻は結婚後のソフィアとギルバートということで、スキンシップと糖分が増量されております。その分困難も大きくなってしまった感は否めませんが……。楽しんでいただけていたら嬉しいです。

野津川香《のづかわかおり》先生のコミカライズも好評連載中です。二人の距離が近付いてきて、こちらもどんどん甘くなってきております。未読の方は是非ご覧になってみてください！

この場を借りて。ご指導くださった担当編集様、2巻に続き美麗なイラストを描いてくださった宵《よい》マチ先生（ピンナップが美し過ぎて拝みました！）、及び本作に関わってくださった全ての方へ。本当にありがとうございます。

最後に、この本を手に取ってくださった皆様との出会いに、感謝を込めて。

水野沙彰

捨《す》てられ男爵令嬢《だんしゃくれいじょう》は黒騎士様《くろきしさま》のお気《き》に入《い》り3

2021年9月5日　初版発行
2022年5月16日　第2刷発行

初出……「捨てられ男爵令嬢は黒騎士様のお気に入り」
小説投稿サイト「小説家になろう」で掲載

著者　水野沙彰

イラスト　宵 マチ

発行者　野内雅宏

発行所　株式会社一迅社
〒160-0022 東京都新宿区新宿3-1-13 京王新宿追分ビル5F
電話　03-5312-7432（編集）
電話　03-5312-6150（販売）
発売元：株式会社講談社（講談社・一迅社）

印刷所・製本　大日本印刷株式会社
ＤＴＰ　株式会社三協美術

装幀　世古口敦志・前川絵莉子（coil）

ISBN978-4-7580-9402-3

おたよりの宛て先
〒160-0022 東京都新宿区新宿3-1-13 京王新宿追分ビル5F
株式会社一迅社　ノベル編集部
水野沙彰《みずのさあや》 先生・宵《よい》 マチ 先生